Ryanas Weg - die Macht der Sterne
Fantasyroman
Von Aileen O'Grian

AF140136

Buchbeschreibung:

In einer Gewitternacht werden König Magrow, Herrscher des Sternenreichs, Zwillinge geboren. Trotz der Prophezeiung der Seherin, dass seine Tochter Ryana einst mit einem Reiterfürsten ein mächtiges Herrschergeschlecht begründen würde, lehnt Magrow das Mädchen ab. Er sorgt sich, dass sie ihrem schwächeren Bruder, dem ersehnten Thronerben, die Nahrung wegnimmt und ihn zu gefährlichen Unternehmungen anstiftet. So wird Ryana von ihrer Mutter und ihrer Großtante in weiblichen Tätigkeiten unterwiesen, während ihr Bruder Sigun zum Herrscher ausgebildet wird. Doch dann dringen gefährliche Feinde ins Nachbarland ein. Die hellsichtige Königstochter bleibt allein in der Burg zurück, nur von einigen Ältesten umgeben. Sie ahnt das Verhängnis, das in diesem grausamen Krieg auf ihre Familie zukommt.

Ein Fantasyroman, der ohne Drachen, Geister und andere Fabelwesen auskommt.

Aileen O'Grian

Was wäre wenn?
Fantasy als Spiel mit den Möglichkeiten
Seit Jahren schreibe ich aus Spaß am Phantasieren Märchen, Fantasy und Science-Fiction und habe diverse Kurzgeschichten in Anthologien und Literaturzeitschriften veröffentlicht.

Ryanas Weg

Die Macht der Sterne

Fantasyroman

Von Aileen O'Grian

Bibliografische Information der Deutschen Nationalbibliothek:Die Deutsche Nationalbibliothek verzeichnet diese Publikation in der Deutschen Nationalbibliografie; detaillierte bibliografische Daten sind im Internet über http://dnb.dnb.de abrufbar.

Impressum

1. Auflage, 2023
Copyright © 2023 Aileen O'Grian
Alle Rechte vorbehalten
Lektorat: Carolin Olivares
Bilder: © (c) I_g0rZh / Depositphotos.com
Covergestaltung: TomJay - bookcover4everyone / www.tomjay.de

Herstellung und Verlag: BoD – Books on Demand, Norderstedt
ISBN: 9783734723346

1. Kapitel

Der Sturm jagte schweflig gelbe Wolken über den Himmel, Blitze zuckten zur Erde herab, Donner grollten. Seit Stunden lag die Königin in den Wehen. Das Kind wollte und wollte nicht kommen. Dabei hatte König Magrow, Herrscher des Sternenreichs, den besten Heiler und die fähigste Hebamme des Landes an den Hof gerufen.

Unruhig lief der König in den Gemächern auf und ab, er konnte einfach nicht ruhig sitzen bleiben. Der kleine Junge an der Tür schaute ihn ängstlich an, selbst sein greiser Berater Surani hatte sich in die Ecke neben dem Kamin verzogen. Magrow wusste, dass er viele Menschen mit seiner muskulösen Gestalt und seiner Tatkraft einschüchterte. Für diese Gaben war er dankbar, für einen König waren sie sehr nützlich. Ab und zu blieb er an einem Fenster stehen, drehte den Königsring an seinem Finger, lugte durch eine kleine Öffnung der Fensterläden hinaus und beobachtete, wie die Blitze vom Himmel herabfuhren. Die gleich darauffolgenden Donner ließen ihn zusammenzucken. So ein heftiges Unwetter hatte er noch nie erlebt.

Regen und Sturm drückten den Rauch des Feuers in den Raum. Surani, der sich am Kamin wärmte, hüstelte. Durch den Wind stoben immer wieder Funken aus den Flammen. Unterhalb der Burg schlug ein gewaltiger Blitz in den uralten Baum am Fluss ein. Fast gleichzeitig erbebten die Gemäuer durch einen lauten Knall. War das ein böses Omen? Dem kleinen Knaben an der Tür fiel vor Schreck der goldene Becher des Königs aus der Hand. Schnell bückte das Kind sich, hob ihn wieder auf und reichte ihn seinem Herrn. Dabei zitterte es vor Angst.

„Noch lassen uns die Unsterblichen in Ruhe, unsere Zeit ist noch nicht gekommen", sagte Magrow und lächelte den Jungen an. Zu gut erinnerte er sich an seine Zeit als Diener bei seinem Onkel, dem Herrscher im Reich des Sonnenuntergangs.

Endlich war in der Ferne Babygeschrei zu hören. Er lauschte. War das der ersehnte Thronfolger? Warum erschien keine Dienerin, um ihn zu benachrichtigen? Wie ging es der zarten Königin? Er sorgte sich um sein teures Weib, zu rätselhaft waren die Vorhersagen der heiligen Seherin gewesen. Unruhig wie ein gefangenes Tier nahm er die Wanderung durch den Raum wieder auf. Wie sehr fürchtete er doch um seine Gemahlin. Obwohl ihre Väter die Ehe beschlossen hatten, als sie noch Kinder gewesen waren, liebte Magrow seine Frau aufrichtig und bangte um ihre zerbrechliche Gesundheit.

Ihm kam es vor wie eine Ewigkeit, bis sein oberster Heiler Darbun endlich erschien. „Majestät, mit dem heftigen Donnerschlag hat die Königin eine Tochter geboren."

Enttäuscht schloss er die Augen und atmete tief durch. Nur ein Mädchen! Seine Mutter hatte auch vier Töchter entbunden, ehe er, der Thronfolger, geboren wurde.

Darbun lächelte. „Einen Augenblick vorher erblickte ein strammer Junge die Welt."

Ungläubig starrte er seinen Heiler an.

„Es sind Zwillinge, Herr, ein Junge und ein Mädchen. Die Königin ist von der langen, anstrengenden Entbindung sehr erschöpft. Die Kinder lagen falsch herum." Nach einer kurzen Pause fuhr Darbun fort: „Ein Bote eilt bereits ins Dorf, um die Amme zu holen."

„Wann kann ich die Kinder sehen?", fragte er in herrischem Ton.

„Gebt Eurer Gemahlin einen Augenblick, um sich zu erholen. Währenddessen reinigt Chlarin, die Hebamme, die Kinder." Ein verständnisvolles Lächeln huschte über Darbuns Gesicht, bevor er in das Frauengemach zurückkehrte.

Ungeduldig wartete Magrow darauf, endlich seine Königin zu sehen und seine Kinder zu begutachten. Dann würde er entscheiden, ob die Neugeborenen es wert waren, aufgezogen zu werden. Surani versuchte, ihn mit der Aussicht auf die Ernte abzulenken. Doch als er ihn mit zusammengezogenen Augenbrauen anschaute, mühsam seinen Ärger unterdrückend, verstummte sein Berater.

Endlich erschien Chlarin, verbeugte sich und sagte lächelnd: „Herzlichen Glückwunsch zu den gesunden Kindern, Majestät. Eure Gemahlin erwartet Euch."

Aufgeregt eilte er ins Gemach seiner Gattin. Darbun hielt ein Baby im Arm. Chlarin nahm Königin Myana gerade den zweiten Säugling ab und präsentierte ihn dem Vater. Aus dem Augenwinkel nahm er wahr, dass Prinzessin Mahila, seine Tante, in einer dunklen Ecke des Raums stand und das Geschehen beobachtete. Sie war unauffällig wie ein Schatten.

Ungeduldig wandte er sich an Darbun. „Welches ist der Knabe?"

„Hier, Majestät!" Mit einem zufriedenen Gesichtsausdruck hob der Heiler das Kind hoch und reichte es dem Herrscher.

Aufmerksam begutachtete Magrow den Jungen und murmelte: „Er wirkt sehr klein." Würde das Kind überleben und zu einem klugen, starken Mann heranwachsen? War dieser Sohn es wert, aufgezogen zu werden? Von dieser Entscheidung hing die Zukunft seines Reiches ab.

„Das ist normal. Zwillinge sind immer etwas kleiner. Aber bald werden sie genau so groß wie ihre Altersgenossen sein", versicherte Darbun, sichtlich besorgt, dass der König den Knaben ablehnen könnte. „Herr, die Königin muss sich erholen. So schnell wird sie keine weitere Schwangerschaft unbeschadet überstehen", fügte er hinzu. „Ist er gesund? Sind alle Körperteile vorhanden?", drängte Magrow und schaute finster drein.

„Ja, Herr, beide Kinder sind völlig gesund und für ihre Größe erstaunlich kräftig. Habt Ihr denn nicht ihr Geschrei gehört?"

Zögernd griff er nach dem Knaben, nahm die Händchen in seine Hand und zählte die Finger, dann betrachtete er Augen und Ohren. Danach wies er Darbun an, das Kind aus den Tüchern zu wickeln. Erst als er alles gründlich angeschaut und nachgezählt hatte, nickte er und nahm den Jungen auf den Arm. Dann wandte er sich der Königin zu. Blass und ermattet lag sie in ihren Kissen. Ihre sonst so schönen blonden Haare sahen jetzt stumpf aus. Sein Magen verkrampfte sich, sein geliebtes Weib wirkte krank und durchscheinend.

„Ich danke Euch für diesen Knaben, Herrin", sagte er mit belegter Stimme.

Erleichtert lächelte sie ihn an. Auch Darbun und Chlarin atmeten auf.

„Gebt ihm zu trinken!", befahl er.

Myanas Gesicht verfärbte sich rot und sie senkte den Blick. „Mein Gemahl, ich habe ihm schon die Brust gegeben. Verzeiht mir."

Verärgert zog er die buschigen Augenbrauen zusammen. Dieses Recht stand ihr erst zu, nachdem er die Entscheidung über das Leben seines Kindes getroffen hatte. „Der Knabe schrie so verzweifelt, da habe ich es nicht mehr ausgehalten und ihn angelegt. Ich weiß, es war nicht recht." Tränen traten in ihre Augen.

„Hat er gut getrunken?", fragte er und räusperte sich. Er fühlte sich schuldig, weil er ihr Angst eingejagt hatte.

Sie lächelte wieder. „Oh ja! Dabei wirkt er doch so klein und zart, aber er hatte großen Hunger."

Liebevoll betrachtete er seine Frau und strich ihr über die Haare. „Ich werde gleich zur Seherin gehen und ihren Segen erbitten", versprach er.

„Majestät, was ist mit dem zweiten Kind?", fragte Myana zögerlich. Wieder wirkte ihr Blick besorgt.

Seufzend drehte er sich zur Hebamme. „Zeigt das Mädchen her!", befahl er unwirsch. Dieses Kind interessierte ihn nicht.

Gründlich musterte er die Kleine. Sie schien völlig gesund zu sein. Auch war sie größer und kräftiger als ihr Bruder. Allerdings gefiel ihr die grobe Behandlung des Vaters nicht und so schrie sie in höchsten Tönen.

Unwillig zog er die Brauen zusammen. „Hoffentlich wird sie später liebenswürdiger." Sollten sie das Mädchen wirklich großziehen?, fragte er sich im Stillen. Es würde seinem Bruder die Nahrung wegnehmen. Der Junge war sowieso viel zu klein und brauchte eine gute Betreuung.

Als er sich Myana zuwandte, schaute er in ihre ängstlichen blauen Augen. „Bitte, Herr, die Kinder gehören zusammen. So haben es die Sterne bestimmt."

Sein Blick wurde wieder sanfter. Er liebte seine Frau und wollte ihr keinen Kummer bereiten. Deshalb beschloss er, sie für den Sohn zu belohnen. „So sei es", erwiderte er, überreichte Chlarin das Kind und verließ das Gemach.

Als er aus der Kammer trat, warteten Surani und der mächtige Heerführer Osun bereits auf ihn. Beide hatten schon bei seinem Vater im Dienst gestanden.

„Majestät, der Bote ist unterwegs zum Bauern, damit er den auserwählten Widder und ein zusätzliches weibliches Schaf zur Seherin treibt", sagte Surani. Vorausschauend hatte Magrow schon vor Tagen einen prächtigen, kräftigen Widder ausgesucht. Die Sterne sollten zufrieden sein und ihren Segen erteilen. Surani reichte ihm einen dicken, wollenen Umhang und eine lederne Kappe. Dann folgten Surani und Osun ihm zu den Ställen, wo drei gesattelte Pferde warteten. Im prasselnden Regen ritten sie durch das Burgtor, den Burgberg hinab und hinüber zum Heiligtum.

Ohne Schutz stand die Seherin Sapha hoch aufgerichtet inmitten des Steinkreises. Ihr helles Gewand war vom Regen völlig durchnässt, ihre langen grauen Haare hingen schwer herab. Die Männer hielten die Pferde an. Nur Magrow stieg ab und betrat den inneren Bezirk des heiligen Steinkreises. „Die Sterne haben Euch zwei Kinder geschenkt", erklärte Sapha feierlich. „Ja, sie sind gesund. Deshalb habe ich entschieden, sie aufzuziehen, obwohl sie sehr zart sind."

Sie nickte. „Es sind heilige Kinder. Nur wenigen Menschen ist die Geburt von Zwillingen vergönnt."

„Sind sie gesegnet? Was sagen die Sterne?", fragte er. Seine Nackenmuskeln verkrampften sich vor Anspannung. Voller Sorge beobachtete er die Seherin.

Auf seinen Wink trieben Surani und Osun die Schafe heran, mit denen der Bauer vor den äußeren Steinen gewartet hatte. Es waren starke, gut genährte Tiere. Sapha trat an die höchste Stele heran, vor der sich eine Mulde im Boden befand, und nickte dem König zu. Daraufhin griff er sich den Widder und zog ihn zu der Mulde. Kritisch musterte Sapha das Tier, dann nickte sie zustimmend. Er zückte sein Messer und schnitt dem Widder die Kehle durch.

Zwei Mägde der Seherin traten hinter den Stelen hervor und brachten Fackeln herbei, während er das Tier aufbrach und die Gedärme herauszog. Sapha beugte sich über die Innereien. Dabei murmelte sie Gebete. Schließlich richtete sie sich auf und sang mit lauter Stimme ein Lied. Gespannt erwartete er ihre Worte.

„Dein Sohn wird einen klugen Verstand und ein großes Herz besitzen", erklärte sie mit unbewegtem Gesicht. „Wird er ein mächtiger Herrscher sein? Wird er Kinder haben? Ist die Herrscherlinie gesichert?", wollte er wissen.

Doch sie schwieg. Mit einer Handbewegung befahl sie, das zweite Schaf heranzuführen. Nun zog Osun das widerstrebende Schaf herbei. Fragend schaute er die Seherin an. Nach einer kurzen Musterung wies sie auf den Platz neben dem getöteten Widder. Dann nickte sie dem König zu und er schnitt auch diesem Tier die Kehle durch, brach es auf und zog die Innereien heraus.

Diesmal nahm Sapha selbst eine Fackel in die Hand und betrachtete alles genau von verschiedenen Seiten.

„Was ist? Hast du keine guten Nachrichten?" Fast bereute er schon, das Mädchen am Leben gelassen zu haben.

Sapha schloss die Augen und summte ein Lied, dann sprach sie laut: „Behütet das Mädchen gut. Sie ist wichtig. Ich sehe viel Leid. Ihre Aufgabe führt sie an die Seite eines barbarischen Reiterfürsten. Sie ist zu Großem bestimmt!" Dann murmelte sie noch etwas, was er nicht beachtete, weil er mit seinen eigenen Gedanken beschäftigt war. Unzufrieden mit der Vorhersage für den Thronerben zog er seine Brauen zusammen und wollte weitere Weissagungen fordern. Doch da senkte Osun den Kopf und führte seine Hand zum Herzen, während Surani ihn eindringlich ansah. Magrow fühlte sich aufgefordert, dem Beispiel zu folgen und schloss sich mit Surani dieser Dankesgeste an. Anschließend drehte Sapha sich um und schritt zwischen den hohen Stelen aus dem Heiligtum hinaus. Die geopferten Tiere blieben liegen. Später würden zwei Knechte das Fleisch und die Felle an arme Familien verteilen.

Noch immer verärgert verließ Magrow das Heiligtum. Er hatte sich viel deutlichere und hoffnungsvollere Vorhersagen für seinen Sohn gewünscht.

2. Kapitel

Drei Tage später klarte das Wetter auf. Der König ordnete an, zur Feier der Geburt seines Thronfolgers ein großes Volksfest auszurichten, obwohl Surani ihn gebeten hatte, damit noch etwas zu warten. „Unser Volk hofft seit Jahren mit mir auf einen Thronerben. Jetzt sollen alle an meiner Freude teilhaben und für den künftigen König beten."

Er sandte Boten aus, die durch das Reich ritten und den Untertanen befahlen, an diesem Freudentag die Arbeit niederzulegen. Alle sollten beten und feiern. Dafür spendete der König jedem größeren Dorf ein Schwein, das am Spieß gebraten wurde. Spielleute zogen am Festtag durchs Land, priesen den gütigen König und die edle Königin und baten um den Segen der Sterne für den Thronfolger.

Am Abend warteten die versammelten Adligen im großen Festsaal der Königsburg voller Spannung auf die Königin und ihren Sohn. Als es länger dauerte, wurden die Gäste unruhig. Doch schließlich erschien Myana auf der Treppe, die nach oben zu ihren Gemächern führte. In den Armen hielt sie einen Säugling. Ihr folgte Prinzessin Mahila, die das zweite Kind trug.

Ein Raunen ging durch die Reihen, denn der König hatte nicht verkünden lassen, dass die Sterne ihm Zwillinge geschenkt hatten. Zu unwichtig erschien ihm die Geburt einer Tochter.

Myana und Mahila stellten sich nebeneinander auf das Podest vor dem Kamin, sodass jeder sie gut sehen konnte. Das Kind in den Armen der Königin hatte einen brünetten

Haarflaum; es wirkte klein, zart und zerbrechlich. Mit großen blauen Augen schaute es in die Menschenmenge. Das Kind in Mahilas Armen hingegen war zwar ebenfalls klein, aber kräftiger. Es hatte hellblonde Löckchen und seine blauen Augen leuchteten. Unwillig strampelte es. Mahila wiegte es und summte leise ein Lied, um es zu beruhigen.

Magrow strahlte vor Stolz, als er neben seine Frau trat und eine Hand auf ihre Schulter legte. „Mein Sohn und Thronfolger Prinz Sigun! Noch ist er klein, aber dereinst wird er ein kräftiger Mann und ein mächtiger Herrscher sein."

Die Gäste ließen ihn, die Königin und das Kind hochleben. Dann trat Magrow zwischen die Frauen und zeigte auf den zweiten Säugling. „Die Sterne meinten es gut mit unserem Haus", rief er. „Meine geliebte Gemahlin hat mir zwei Kinder geschenkt, den Knaben Sigun und das Mädchen Ryana. Wenn die Prinzessin herangewachsen ist, werden sich viele Prinzen um sie bemühen, weil sie die Schönheit ihrer Mutter geerbt hat."

Wieder ließen die Anwesenden die Eltern und die kleine Prinzessin hochleben. Dann erschien Annin, die Amme, und eine Magd. Sie nahmen die Kinder und brachten sie ins Frauengemach.

Anschließend ließ sich Magrow mit seiner Gemahlin an der Stirnseite der Tafel nieder. Mit einem Händeklatschen gab er den Knechten den Befehl, die Speisen aufzutragen. Viele Stunden wurde gegessen, getrunken und gelacht, während Musiker die Gäste unterhielten. Nach dem Mahl traten Tänzer auf. Sie boten traditionelle Schwert- und Kampftänze dar. Spät am Abend ließ sich ein Märchenerzähler zu Füßen des Königspaares nieder und erzählte alte Geschichten von den tapferen Vorfahren, die das Reich gegründet hatten.

„Mein lieber Neffe, Myana sieht blass und müde aus", flüsterte Mahila ihm zu später Stunde zu. „Noch hat sie sich nicht vollständig von der Entbindung erholt." Magrow musterte seine Frau, sofort erwachte sein schlechtes Gewissen. An ihre angegriffene Gesundheit hatte er überhaupt nicht gedacht. „Liebe Gemahlin, nehmt bitte keine Rücksicht auf mich und die Gäste. Zieht Euch zurück und erholt Euch." Liebevoll lächelte er sie an. Ihre Wangen färbten sich leicht. „Danke für Eure Fürsorge", murmelte sie und erhobt sich. Gemeinsam mit Mahila stieg sie die Treppe, die sich an der Saalseite befand, hinauf. Nachdem die Damen das Fest verlassen hatten, suchte der König mit einigen Getreuen den Dorfplatz auf, sprach leutselig mit seinen Untertanen und sah ihnen beim Tanzen zu.

Ein Lächeln erschien auf Myanas Antlitz, als sie einige Tage später in das Körbchen mit den Kindern schaute. Es sah so niedlich aus, wie sie sich aneinanderschmiegten. Ihr Gemahl schüttelte nur den Kopf und meinte: „Warum müssen sie zusammen schlafen? Wir können uns auch ein zweites Körbchen leisten. Der Junge gedeiht sicher besser, wenn er mehr Ruhe hat. Die Kleine drückt ihn doch zur Seite."

„Nein, er ist viel ruhiger, wenn sie nebeneinanderliegen", erwiderte Myana. „Das haben wir schon ausprobiert. Chlarin meint, dass er gut gedeiht. Annin hat reichlich Milch und legt ihn immer zuerst an." Voller Liebe strich sie über das Köpfchen mit dem braunen Flaum. Der Kleine gähnte und schaute sie mit seinen blauen Augen direkt an. „Er ist zufrieden", flüsterte sie.

„Ihr Frauen wisst immer alles besser", knurrte er. Doch dann schwieg er. Myana seufzte. Sicher wollte er sie nicht verärgern, denn sie gab sich so große Mühe, es ihm recht zu machen. Immer wieder sagte er, wie sehr er sich sorge, weil sie sich zu viel zumute. Sie sei einfach zu zart und empfindlich. Als er sie in den Arm nahm und an sich drückte, lehnte sie sich dankbar an ihn. „Ich sorge mich nur um dich und Sigun. Das Mädchen ist stark genug, das kommt durch", murmelte er in ihr Haar.

„Ryana, das Mädchen heißt Ryana!", hauchte Myana. Sie war traurig und enttäuscht, weil der König immer nur den Jungen bedachte. Aber sie wusste nicht, wie sie ihm ihre Tochter ans Herz legen konnte.

Kaum hatte der König den Raum verlassen, trat Mahila zu ihr an das Babykörbchen. „Die beiden entwickeln sich prächtig, sorgt Euch nicht."

„Meint Ihr wirklich?" Unsicher schaute Myana zu der Tante ihres Mannes. „Natürlich", erwiderte Mahila, „sie sind doch schon viel größer. Erinnert Ihr Euch, wie verloren sie in den ersten Tagen im Bettchen aussahen?"

Myana lächelte. „Ich hatte Angst, sie zu zerdrücken, wenn ich sie hochhob."

Da lachte Mahila. „Ich glaube, König Magrow geht es noch immer so."

„Meint Ihr, dass er deshalb die Kinder nicht anfasst?", fragte sie.

„Vermutlich geht es vielen Männern so. Sie sind gewohnt, Pferde zu bändigen und Schwerter zu schwingen. Natürlich wollen sie die Säuglinge nicht verletzen. Aber Ihr solltet Euch jetzt hinlegen und ausruhen." Mahila legte einen Arm auf ihre Schulter. „Ich geleite Euch zu der Liege im Nebenraum."

Doch sie blieb stehen und blickte zu den Säuglingen. „Ich will nicht, dass Annin sie allein versorgt. Es sind meine Kinder und sie sollen mich lieben." Schon spürte sie, wie ihr Tränen in die Augen traten.

Mahila nahm sie in die Arme und strich ihr über den Rücken. „Ihr versorgt sie hervorragend, Annin unterstützt Euch doch nur."

„Sie sehen so niedlich und schutzbedürftig aus, wenn sie an meiner Brust trinken." Jetzt liefen ihr die Tränen über die Wangen.

„Leider war mir diese Erfahrung nicht vergönnt", entgegnete Mahila. Sie wirkte traurig. „Ihr solltet häufiger darauf verzichten, die Kleinen anzulegen und Euch stattdessen ausruhen. Dann werdet Ihr kräftiger und könnt Euch besser um die Kinder kümmern, wenn sie anfangen zu krabbeln und zu laufen."

Nachdenklich blickte sie Mahila an. „Die Amme lässt mich sowieso nicht sehr lange stillen, sie nimmt mir die Kinder immer schnell weg."

„Wir haben alle Angst um Eure Gesundheit, Schwangerschaft und Entbindung haben Euch sehr geschwächt."

In diesem Augenblick betrat Chlarin den Raum. „Majestät, ich habe eine Kräutermischung zubereitet. Die wirkt kräftigend und appetitanregend. Trinkt bitte am Morgen und am Abend vor den Mahlzeiten einen Becher davon. Die Köchin weiß, wie der Aufguss zubereitet werden muss." Mit diesen Worten reichte ihr die Hebamme einen Becher mit einer warmen Flüssigkeit.

„Schmeckt das so schrecklich wie das letzte Mittel?", fragte Myana und seufzte.

Chlarin zuckte mit den Schultern. „Medizin muss bitter schmecken, sonst hilft sie nicht."

Vorsichtig nahm sie einen Schluck und verzog das Gesicht. „Bitter, wie wahr!" Trotzdem trank sie tapfer den Becher aus, weil Chlarin sonst keine Ruhe gegeben hätte.

Schon bald darauf versuchten Darbun und Chlarin, die Königin vom Stillen abzubringen.

„Majestät, alle Königinnen und Fürstinnen überlassen ihre Kinder den Ammen. Vertraut die Zwillinge Annin an. Sie ist eine gute Amme und hat genug Milch. Ihre sechs Kinder sind

17

alle gesund und kräftig. Noch nie hat sie einen Säugling verloren", drängte der Heiler.

Aber Myana liebte ihre Kinder und wollte für sie da sein. Schließlich konnte Prinzessin Mahila sie überreden, bei jeder Mahlzeit nur noch ein Kind anzulegen. „Dann behaltet Ihr die Nähe zu den Säuglingen und genießt die Freude, zu stillen, aber es kostet Euch nicht mehr so viel Kraft." Nach langem Zögern stimmte Myana zu, weil sie sich wirklich schwach und müde fühlte.

Sobald die Kinder krabbelten, sorgte sie sich, dass ihnen etwas zustoßen könnte. Ängstlich sprang sie jedes Mal auf, wenn die Kleinen sich irgendwo hochzogen. Wieder war es Mahila, die sie tröstete. „Mütter sind dazu da, sich zu sorgen und auf ihre Kinder aufzupassen. Aber Eure Amme und die Mägde sind erfahren und umsichtig. Ihr könnt ihnen vertrauen. Außerdem sind Kinder recht robust."

In den nächsten Jahren entwickelten sich die Königskinder gut. Sie waren aufgeweckt und neugierig. Ryana fragte ihrer Mutter und Mahila Löcher in den Bauch, während Sigun etwas zurückhaltender war. Es fiel auf, wie sehr sie aneinanderhingen. Am wohlsten fühlten sie sich, wenn sie zusammen waren.

3. Kapitel

Im Alter von vier Jahren waren sie noch immer etwas zarter als ihre Altersgenossen, wobei Ryana lebhafter und in der Entwicklung weiter war. Immer wieder fielen ihr neue Spiele ein.

„Komm, Sigun, lass uns die Katzen besuchen", drängte sie ihren Bruder. „Aber wir dürfen nicht in den Stall."

„Wir gehen doch nicht zu den Pferden, sondern nur zu den Kätzchen. Die tun uns nichts", erklärte Ryana.

„Trotzdem, Brodun wird böse sein", widersprach Sigun ängstlich.

Ohne auf ihn zu hören, lief Ryana in die Burgküche, schnappte sich ein Stückchen Käse und eilte in den Burghof. Sie nahm keine Rücksicht auf Sigun, der nicht so flink war und deshalb zurückblieb. Bestimmt würde er ihr folgen. Schnell schlüpfte sie in den Pferdestall. In einer Ecke hatte sich die Katze ihre Kinderstube eingerichtet. Erst vor wenigen Tagen hatte Brodun, der Stallknecht, ihnen die Katzenfamilie gezeigt. Seitdem übten die Tiere eine unwiderstehliche Anziehungskraft auf Ryana aus. Allerdings hatte Brodun gesagt: „Ihr dürft nicht allein in den Stall. Wenn ihr die Kätzchen sehen wollt, sagt mir Bescheid. Dann gehen wir zusammen." Aber er hatte immer so viel zu tun und selten Zeit.

Endlich kam Sigun völlig außer Atem herein. Ryana kniete schon auf dem Boden und hielt ein Kätzchen im Arm. Voller Begeisterung fütterten sie die kleinen Katzenkinder und spielten mit ihnen. Die waren inzwischen schon viel selbständiger.

Ryana wedelte mit dem Band, das ihr Gewand zusammenhielt, vor den Kätzchen, sodass sie mit den Pfoten danach schlugen. Laut lachten die beiden Kinder.

„Ryana, was machst du schon wieder! Du weißt, dass ihr nicht allein in den Stall dürft." Erschrocken zuckte sie zusammen und drehte sich um. Groß und drohend stand ihr Vater vor ihr.

„Aber wir waren doch gar nicht bei den Pferden, sondern spielen nur mit den Katzen", verteidigte sie sich, fasste all ihren Mut zusammen und schaute ihm in die Augen.

„Ich lasse nicht zu, dass du Sigun in Gefahr bringst. Du gehst jetzt in das Frauengemach und benutzt die Spinnwirtel!", tobte der König. Dann drehte er sich um und rief: „Brodun, begleite die Prinzessin sofort zu ihrer Mutter. Sie soll spinnen und weben und was-weiß-ich lernen."

Da eilte der Stallknecht herbei und nickte mit gesenkten Augen. Ryana spürte seine Angst. Sicher würde Brodun bestraft werden, wenn der Vater erfuhr, dass er ihnen die Katzenbabys gezeigt hatte. Schnell nahm Brodun ihre Hand und zerrte sie hinter sich her.

„Warum darf Sigun bleiben und ich nicht?", weinte sie.

„Das soll dir deine Mutter erklären", sagte er. Dann schwieg er.

Mit klopfendem Herzen und gesenktem Haupt hörte sich Myana die Vorwürfe ihres Gemahls an. Gleich nachdem er das Frauengemach betreten hatte, war die Magd geflohen. Myana wäre ihr gern gefolgt.

„Deine Tochter darf nicht mehr in die Ställe und den Burghof. Sie stiftet Sigun nur zu gefährlichen Dummheiten an", schloss Magrow seine Wutrede.

Ergeben nickte sie und versprach: „Ich werde mich darum kümmern." Dann blickte sie nachdenklich zu Ryana, die verängstigt vor dem Fenster stand. Sie war aufgeweckt und lebhaft. Leider waren das keine erwünschten weiblichen Tugenden. Immer wieder beklagte sich ihr Gatte über das stürmische Temperament des Kindes. „Weib, bring ihr endlich Manieren bei! Wie soll sie jemals einen Mann bekommen? Hätte ich sie damals bloß aussetzen lassen."

Wie immer bei solchen Wutanfällen lächelte Myana süß und sagte: „Sie ist noch klein. In dem Alter sind viele Kinder wild und trotzig. Das legt sich, wenn sie größer wird." Dann bedachte sie ihn mit einem Augenaufschlag, der sie noch bezaubernder wirken ließ, und meinte: „Wäre sie hässlich und säße nur tranig in der Ecke, würde es Euch auch nicht gefallen." Mittlerweile wusste sie, wie sie ihren Gatten nehmen musste, auch wenn er ihr manchmal Angst einflößte.

„Trotzdem müsst Ihr noch viel Arbeit leisten, um aus ihr eine vorzeigbare Prinzessin zu machen", erwiderte er schmunzelnd. Wie jedes Mal versprach Myana es. Nachdem die Tür sich hinter ihm geschlossen hatte, atmete sie tief ein. Dann strich sie Ryana über den Kopf. Ihr Herz schmerzte vor Mitleid mit ihrer Tochter. Aus Angst, dass der König ihrem fröhlichen Kind doch noch etwas antun würde, ließ sie Ryana kaum aus den Augen. Auch Mahila kümmerte sich liebevoll um die Kleine.

Zusammen mit Ryanas Großtante sorgte sie ab diesem Zeitpunkt dafür, dass ihre Tochter viel lernen musste und kaum Zeit für andere Dinge hatte. Schon bald konnte das Kind spinnen, Netze und Kränze flechten, singen und eine kleine Lyra spielen. Zudem unterhielt sich Myana bald nur noch in der Sprache des Inselreichs mit ihr. Sie selbst stammte nämlich aus dem dortigen Königshaus.

Mit fast fünf Jahren setzte der König seinen Sohn, der sich vielversprechend entwickelte, zum ersten Mal auf ein Pferd.

Vorsichtig führte Magrow das Tier am Zügel, mit der anderen Hand hielt er den Knaben fest. Sigun erwies sich als gelehrig und gewandt; schon bald konnte er allein auf einem ruhigen Tier im Burghof seine Kreise drehen.

Abends lauschte Ryana Siguns Erzählungen. „Warum darf ich nicht auch reiten lernen?", klagte sie. Um besser zusehen zu können, rückte sie einen Schemel ans Fenster und schaute beim Reitunterricht zu.

Irgendwann war ihr Wunsch, auf einem Pferd zu sitzen so groß, dass sie trotz der Angst vor dem Vater auf den Hof lief und ihn anbettelte: „Ich auch! Bitte, Majestät, ich auch!" Dabei zeigte sie auf das Pony.

„Du bekommst später Unterricht. Für dich genügt es, wenn du nicht vom Pferd fällst. Aber Sigun muss als Mann gleichzeitig reiten und kämpfen können", erklärte der König.

Doch Ryana blieb hartnäckig und bettelte so lange, bis ihr Vater sie ebenfalls auf das Pony hob und eine Runde drehen ließ. Von da an erschien sie regelmäßig zu den Stunden ihres Bruders, schaute zu und durfte nach der Reitstunde des Prinzen kurz auf den Pferderücken.

4. Kapitel

„Ich schaue im Osten nach dem Rechten. Hoffentlich sind die Schäden des Sturms nicht so schlimm", erklärte Magrow seiner Frau. Myana freute sich über die Mitteilung, denn sie wusste, wie peinlich es ihm war, ihr ständig Bescheid zu geben. Trotzdem nahm er aus Liebe Rücksicht auf ihre Ängstlichkeit. „Ich nehme Sigun mit", setzte er nach. „Der Weg ist nicht weit. Das schafft mein Sohn."

Da blickte sie von ihrer Näharbeit auf, runzelte ihre hübsche Stirn, sagte aber nichts. Ihr Gemahl würde sich nicht davon abbringen lassen. Sie würde ihre Kräfte lieber für wirklich wichtige Auseinandersetzungen aufsparen. Doch sie hatte nicht mit der sechsjährigen Ryana gerechnet. „Nein, Majestät, bitte nehmt Sigun nicht mit", rief ihre Tochter und sah ganz verzweifelt aus. Dann bettelte das Kind wie schon seit langem nicht mehr. Nein, fiel Myana sofort ein, eigentlich hatte Ryana noch nie so energisch gebettelt.

„Ich habe geträumt, dass ein Baum umstürzt und mein Bruder mit dem Pferd darunter liegt. Bitte, lasst ihn hier." Ryana zupfte am Umhang ihres Vaters. Dicke Tränen rollten über ihre Wangen. „Bitte, Sigun darf nicht sterben."

„Quatsch", fuhr Magrow sie an. Sein Gesicht färbte sich rot und die Zornesader schwoll an.

Beunruhigt beobachtete Myana, dass Ryana nicht wie sonst ängstlich zurückwich, sondern ihren Bruder in den Arm nahm. „Er ... soll ... hierbleiben", murmelte sie undeutlich, von Schluchzern unterbrochen.

Ratsuchend blickte Myana zu Mahila, die am Fenster stand und gerade erbleichte. Nach einem Blick in das Gesicht ihres Neffen, eilte sie zu Ryana, beugte sich zu ihr, nahm sie in die Arme und sagte: „Sigun wird nichts passieren. Dein Vater ist stark, er passt auf ihn auf." Dabei warf sie dem König allerdings einen drohenden Blick zu.

Der wirkte überrascht, nickte und, anstatt seine Tochter für ihr ungebärdiges Benehmen zu tadeln oder gar zu schlagen, versprach er: „Du brauchst keine Angst zu haben, ich passe auf Sigun auf."

„Lasst ihn in der Mitte reiten", bat Mahila. Wieder nickte der König zustimmend. Myana lief ein Schauer über den Rücken. Was hatte das alles zu bedeuten? Kaum hatte sich ihr Gemahl aus dem Frauengemach entfernt, flüsterte sie Mahila zu: „Meint Ihr, dass Gefahr besteht? Besitzt Ryana etwa das zweite Gesicht?"

Mahila, die noch immer Ryana in ihren Armen wiegte, zuckte mit den Achseln. „Liebe Nichte, es ist möglich. Schließlich stammen die Seherinnen aus unserem Geschlecht."

Vor Myana drehte sich alles, sie schwankte und hielt sich an einem Stuhl fest. Mahila griff nach ihrem Arm, stützte sie und rief nach einer Magd. Dann brachten die beiden sie zu Bett.

„Lenkt Ryana bitte ab", flüsterte sie noch.

Lächelnd nickte Mahila und streichelte ihre Hand, dann drehte sie sich zu dem Kind um. „Komm Ryana, wir sammeln Kräuter. Hole bitte den Korb."

Kurz darauf hörte Myana die beiden vor ihrem Fenster singen. Immer leiser wurden die Stimmen, bis sie schließlich verstummten.

Im Burghof half Magrow seinem Sohn auf das Pony, bevor er selbst auf seinen Rappen stieg. Mehrere Knechte und einige bewaffnete Krieger würden sie begleiten. Als sie im Schritt durch das Burgtor ritten, grübelte Magrow. Er drehte sich zu Sigun, der an seiner Seite ritt, und musterte ihn. Hätte er seinen Sohn lieber daheimlassen sollen? Besaß Ryana die Gabe der Familie? Welche Verschwendung. Eine Königstochter konnte unmöglich Seherin werden. Sie wurde verheiratet, damit die Familie sich enger mit den Nachbarn verbündete. Aber kein König oder Fürst wünschte sich eine Frau, die in die Zukunft schauen konnte. Zu sehr fürchteten die Menschen die übersinnlichen Fähigkeiten der Seherinnen.

Zuerst wirkte Sigun ängstlich und hielt sich an der Mähne seines Ponys fest. Doch schon bald schien er die Sorgen seiner Schwester zu vergessen, denn zum Glück lenkte ihn der junge Tarow ab. „Schau dich genau um. Siehst du hier Felder?", fragte Tarow. Erst vor Kurzem war er nach dem Tod seines betagten Vaters in den Beraterkreis aufgenommen worden. Magrow schätzte ihn sehr, da er gut mit Menschen umgehen konnte.

Sigun schüttelte den Kopf. „Da sind nur Schafe."

„Richtig, die Böden sind hier schlecht, daher wächst kein Getreide. Nur Schafe und Ziegen können das magere Gras fressen." Dankbar nickte Magrow ihm zu. Durch Tarow wurde der Ritt zu einer Schulung für seinen Sohn.

Sie kamen vorbei an einzeln stehenden Hütten von Hirten, die vom Sturm beschädigt worden waren. Der König versprach den Leuten, dass sie in diesem Jahr keine Abgaben leisten mussten, damit sie ihre Katen ausbessern konnten. Dann erreichten sie den Wald. Zu ihrer Seite hin waren die Bäume vom Unwetter niedergemäht worden. Sie umrundeten die Sturmschneise, bis sie einen freien Pfad fanden, der in den Wald hineinführte und dem sie folgten. Große Äste lagen auf dem Boden, aber die Bäume standen noch. Vorsichtig bahnten sie sich einen Weg. Weil der Pfad sehr schmal war, wurde die Gruppe weit auseinandergezogen. Wie Magrow es versprochen hatte, ritt Sigun immer zwischen seinen Männern. Plötzlich knackte es. Dann stürzte ein großer Baum unter lautem Getöse zu Boden, genau in den mittleren Teil der königlichen Reitertruppe.

„Sigun, mein Sohn", schrie er gellend. Voller Angst sprang er vom Pferd, noch bevor seine Männer reagierten, und wühlte sich mit den Händen durch die Zweige, die auf dem Boden lagen.

„Majestät, macht Platz!", rief ein Krieger.

„Seid vorsichtig!", befahl Magrow. Zu seinem Entsetzen bemerkte er, dass er zitterte.

Bedächtig schlugen seine Männer mit Streitäxten und Schwertern auf die Äste ein. Als Erstes legten sie tote Pferde frei, dann zwei tote Knechte. Ein Reittier lebte noch. Es schrie vor Schmerzen, sodass der König selbst es mit dem Schwert von seiner Qual erlöste. Ein Jüngling war zur Seite geschleudert worden und hatte nur Schürfwunden und Prellungen davongetragen. Zwei bewaffnete Begleiter konnten ebenfalls nur tot geborgen werden.

„Hier, hier ist das Pony des Prinzen", rief ein junger Krieger. Der König eilte zu ihm. Unter einem dicken Ast lag der tote Wallach seines Sohnes. Ein Stöhnen kam von dem Kopf des Tieres. Sigun war in eine kleine Mulde gefallen, was ihm das Leben gerettet hatte. Aber sein Bein war unter dem Tier eingeklemmt.

„Wir müssen die Äste entfernen und dann mit unseren Pferden das Pony wegziehen", schlug Lagun, der älteste Knecht, vor.

Magrow nickte. „Seid vorsichtig. Die Äste können zurückschnellen, wenn sie gelöst werden."

„Ich weiß", erwiderte Lagun. „Mein Vater besitzt ein Stück Wald."

Da Magrow keine Ahnung von Waldarbeit hatte, überließ er Lagun das Kommando. Umsichtig entfernten die Männer Zweige und Äste, einen nach dem anderen. Währenddessen hockte er bei seinem Sohn und sprach ihm Mut zu. „Wir holen dich hier raus. Gleich haben wir den Baum beiseitegeschafft, dann bringen wir dich nach Hause. Deine Mutter wartet schon. Sie wird dich pflegen und Darbun wird dir ein Mittel gegen die Schmerzen geben." Als ihm nichts mehr einfiel, was er noch erzählen könnte, summte er ein paar Lieder.

Schließlich hatten die Männer das Pony freigelegt und schlangen Seile um dessen Beine. Die Enden der Seile banden sie an ihre Sättel. Langsam führten sie ihre Pferde, so zogen sie das tote Tier weg. Sigun, der bisher alles tapfer ertragen hatte, schrie gellend auf. Doch plötzlich verstummte er. „Beeilt euch!", befahl Magrow in herrischem Ton. Vor Schreck zuckten die Männer zusammen. Ihre staubigen Gesichter waren von der Anstrengung gezeichnet. Zum Glück blieb Tarow besonnen. „Es dauert nicht mehr lange, Herr", erklärte er in ruhigem Ton. Dann ließ er die Männer ihre Arbeit unter Laguns Anweisungen fortsetzen.

Als Sigun endlich befreit war, beugte Magrow sich über ihn. Sein Sohn wirkte so blass und klein, dass es ihm das Herz zusammenschnürte. Sigun atmete noch, aber er war ohnmächtig. Sein Bein stand in einem merkwürdigen Winkel ab. Außerdem blutete er aus mehreren offenen Wunden.

Tarow nahm seinen Umhang ab und zerschnitt ihn mit seinem Messer. „Pechwurz eignet sich als Verband", sagte Lagun leise. Fragend schaute Tarow zum König. Magrow nickte und Tarow wies ein paar Männer an, große Blätter einer Pflanze, die am Waldrand wuchs, zu sammeln. Damit bedeckte Lagun die Wunden, bevor er die Stoffstreifen darauf presste. Als Letztes schiente er das Bein mit zwei Ästen.

„Ich reite mit ihm zurück. Zwei Männer begleiten mich zu Pferde, die anderen laufen", befahl Magrow.

„Sollten wir nicht lieber eine Trage bauen?", fragte Lagun.

„Nein, das dauert zu lange." Er stieg aufs Pferd, ließ sich seinen Sohn hochreichen und hielt ihn fest im Arm. Dann spornte er sein Tier an. Tarow und einer der Krieger hatten Mühe, ihm zu folgen.

Kopfschüttelnd schaute Lagun ihnen hinterher.

Schon den ganzen Vormittag stand Ryana auf der Burgmauer und spähte in die Ferne. Mahila schmerzte es, wenn sie das Kind ansah. Wie gut konnte sie ihre Großnichte verstehen.

„Es dauert, bis die Männer zurückkommen. Du musst noch spinnen und im Gemüsegarten helfen", sagte Myana zu ihrer Tochter. Doch Ryana blieb stur, sie wollte den Platz nicht verlassen. Schließlich brachte Mahila ihr die Spinnwirtel, blieb eine Weile bei ihr und arbeitete ebenfalls fleißig. Doch dann ging sie, um die Gartenarbeit zu überwachen. Am frühen Nachmittag kam sie wieder, zusammen mit Myana, um ihre Großnichte zu holen.

„Sigun ist verletzt. Sie bringen ihn bald zurück!", erklärte Ryana. „Ich muss ihn rechtzeitig sehen, damit Ihr alles vorbereiten könnt."

Myana wollte sie schon mit Gewalt wegziehen, doch Mahila erblasste und legte eine zitternde Hand auf den Arm der Königin. „Das ist eine gute Idee", meinte sie mit belegter Stimme. „Ich lasse dir Essen und Trinken bringen."

Daraufhin nickte Ryana gnädig. Die Königin gab nach und folgte Mahila. Sobald sie im Burghof standen, fragte Myana: „Ist meine Tochter normal? Muss ich mir Sorgen machen?" Mit einem verkrampften Lächeln schüttelte Mahila den Kopf. „Nein, meine Liebe, Zwillinge haben häufig eine enge Bindung und spüren, wenn sie in Gefahr sind."

Myana musterte sie. „Seid ehrlich zu mir! Kann meine Tochter hellsehen? Ist Sigun wirklich verletzt?"

Sie zuckte mit den Achseln. Bevor sie antwortete, schaute sie sich um, ob jemand in der Nähe war. „Es kann sein, diese Gabe liegt in der Familie. Aber bei den engsten Verwandten der Könige wird es geheim gehalten. Leider haben viele Menschen Angst vor den übersinnlichen Fähigkeiten der Frauen. Prinzessinnen mit dieser Begabung würden sich nicht mehr als Ehefrauen für Könige und Fürsten eignen."

„Oh, ich verstehe und werde Ryana erklären, dass sie über ihre Visionen nicht sprechen darf, weil die Menschen Angst davor haben", erwiderte Myana.

Sie nickte zustimmend.

„Hat sie sich heute mit ihrer lautstarken Warnung schon verraten?", fragte Myana besorgt. Sie zuckte, als würde ihr ein Schauer über ihren Rücken laufen.

„Ich glaube nicht. Bei Zwillingen kommen derartige Ahnungen häufig vor." Einen Augenblick überlegte sie. „Vorsichtshalber könnten wir erklären, dass Ryana so aufgebracht war, weil sie selbst mitreiten wollte."

Hörbar atmete Myana aus. „Ich werde später in der Gegenwart einer Magd meinem Gemahl gegenüber eine entsprechende Bemerkung machen." Sie griff nach Mahilas Arm. „Was ist mit Sigun? Ich habe große Angst um ihn."

„Sicher würde Ryana viel unruhiger sein, wenn er in Lebensgefahr wäre. Für alle Fälle werde ich Darbun in die Burg rufen und Verbandszeug vorbereiten."

„Ist das nicht zu auffällig? Warum sollten wir das tun? Ich erwarte meinen Gemahl erst am Abend zurück." Mahila rieb ihre Hände, es half ihr beim Nachdenken. „Am besten erkläre ich, dass Ihr einen Schwächeanfall durch die plötzliche Hitze erlitten habt. Dann wundert sich niemand über Darbuns Kommen."

In Myanas Augen blitzte es. Die Königin hatte verstanden. „Mein Kopf, er platzt gleich. Ich muss mich hinlegen", stöhnte sie und griff sich an die Stirn. Mahila stützte sie und rief einen Knecht zu Hilfe. Gemeinsam schafften sie Myana in ihre Kammer. Dann befahl Mahila einer Magd, der Königin Essigumschläge anzulegen, und ließ den Heiler holen.

Sie war so beschäftigt, die Königin zu versorgen, Darbun in Ryanas Vision einzuweihen und Verbandsmaterial vorzubereiten, dass sie erst mitbekam, was los war, als es im Burghof unruhig wurde. Hastig eilte sie hinaus.

Da kam Ryana schon auf sie zu gerannt. „Tante Mahila, der König kommt. Sein Pferd ist völlig erschöpft und er hält jemanden im Arm."

Sie zog ihre Großnichte an sich. „Beruhige dich. Es wird alles gut. Darbun ist hier, er wird deinen Bruder behandeln und gesund pflegen."

„Sicher?" Jetzt liefen Ryana Tränen über die Wangen, ängstlich schmiegte sie sich an ihre Tante.

Mit einer Hand wischte sie die Tränen weg. „Natürlich. Sigun wird noch lange leben. Hab keine Angst."

In diesem Moment trat Osun zu ihnen. „Ich habe dem König zwei Knechte mit einem frischen Handpferd entgegengeschickt", erklärte er.

„Sehr gut, danke!" Mahila schaute ihn prüfend an. Sie konnte erkennen, dass er genauso besorgt war wie sie selbst, es aber Ryana gegenüber nicht zeigen wollte.

Hand in Hand stiegen Mahila und Ryana wieder auf die Burgmauer. Die beiden Männer mit dem Handpferd hatten inzwischen den König erreicht. Magrow wechselte das Pferd und ritt in höchster Geschwindigkeit weiter. Ein Knecht folgte ihm, der andere nahm das erschöpfte Tier des Königs und kam langsam hinterher. In weiter Entfernung näherten sich zwei Reiter.

Kurz bevor der König das Burgtor erreichte, stieg Mahila mit Ryana hinunter. Sie beugte sich zu ihrer Großnichte und sagte leise: „Auch wenn du Angst hast und aufgeregt bist, bleibe bitte ruhig, wie es sich für eine Prinzessin gehört. Dann können sich alle gut um Sigun kümmern."

Mit großen Augen schaute Ryana sie an und nickte. Mahila drückte ihre Hand und schritt weiter über den Burghof. Inzwischen hatten sich Königin Myana, Darbun, mehrere Mägde und Knechte im Hof vor dem Hauptgebäude versammelt und warteten.

Endlich preschte der König heran. Vor dem Eingang des Gebäudes zügelte er sein Pferd und wandte sich an Darbun. „Sigun wurde durch einen umstürzenden Baum verletzt. Sein Bein ist gebrochen und er blutet aus mehreren Wunden", stieß er atemlos hervor. Dann ließ er seinen Sohn vorsichtig in die Arme zweier Männer gleiten.

„In meine Kammer", befahl die Königin.

Die Knechte hasteten ins Gebäude, gefolgt von Darbun und Myana. Erschöpft und verschwitzt stieg der König vom Pferd und wollte sich ihnen anschließen. In diesem Moment riss Ryana sich von Mahilas Hand los und wollte hinterher stürzen. Doch die Stimme ihres Vaters hielt sie zurück. „Halt, Ryana, du nicht!"

Ryana hörte nicht auf ihn, aber Magrow war schneller. Mit einem energischen Griff riss er sie zurück, sodass sie zu Boden fiel. Dann zog er sie wieder hoch und schlug ihr ins Gesicht.

Mahila konnte nicht fassen, was sich da gerade abgespielt hatte. Erschrocken sah Ryana ihren Vater an. Tränen traten in ihre Augen, aber sie weinte nicht, obwohl der Schlag heftig gewesen sein musste. Deutlich war der Handabdruck auf ihrer Wange sichtbar.

Nun eilte Mahila zu ihr und nahm sie in die Arme. Dabei funkelte sie ihren Neffen voller Wut an, sagte aber nichts. „Ihr habt sicher Durst nach dem langen Ritt", brachte sie mühsam hervor, nachdem sie sich etwas beruhigt hatte. Auf ihren Wink reichte eine Magd dem König einen Wasserbecher. Zum Glück ließ Magrow sich ablenken. Er nahm den Becher und leerte ihn in einem Zug, bevor er der Königin folgte. Trotz allem wollte Ryana ihrem Vater hinterherlaufen, doch sie hielt ihre Großnichte eisern fest. „Du hattest mir etwas versprochen", murmelte sie. Ryana senkte den Kopf.

„Komm, wir gehen in das Frauengemach. Dort hören wir am ehesten, was passiert ist und wie es Sigun geht", flüsterte sie.

Ryana folgte ihr brav, obwohl sie es vor lauter Sorge bestimmt kaum noch aushielt. Oben im Frauengemach schob Mahila sie in eine dunkle Ecke und kühlte die Wange mit Wasser.

„Dein Vater hat große Angst um Sigun. Deshalb war er so unbeherrscht!", erklärte sie leise, sorgsam darauf achtend, dass sie nicht in der benachbarten Kammer der Königin gehört wurde. Von dem großen Frauengemach gingen die Schlafkammern der Frauen ab.

„Ich habe es doch gesagt! Sigun hätte nicht mitreiten dürfen", jammerte Ryana. Geräuschvoll zog sie die Nase hoch und wischte mit einer Hand die Tränen weg.

„Schatz, du besitzt eine besondere Gabe, aber du musst sehr vorsichtig damit umgehen. Erzähle außer mir, deiner Mutter und der Seherin niemanden von deinen Ahnungen. Versprich es mir!", forderte Mahila.

Überrascht schaute Ryana sie an. „Warum?"

„Viele halten Visionen für etwas Böses und könnten dir deshalb wehtun. Bitte, versprich es!"

Da überlegte Ryana einen Augenblick. Dann nickte sie. Mahila wusste, dass ihre Großnichte sie liebte und ihr vertraute. Obwohl sie erst so klein war, würde sie sich ihr Leben lang an dieses Versprechen halten.

„Hast du noch mehr gesehen?", fragte sie. „Weißt du, ob Sigun bleibende Verletzungen davonträgt?"

Verständnislos blickte Ryana sie an.

„Hast du gesehen, ob dein Bruder wieder gesund wird oder ob er vielleicht humpelt?", fügte sie hinzu.

Ryana schüttelte den Kopf. „Nein, ich habe nur gesehen, wie er unter dem Baum lag und das machte mir Angst."

„Unser Heiler ist gut. Er versteht sein Handwerk und wird Sigun wieder gesund machen", tröstete Mahila, obwohl sie selbst ihre Zweifel hatte. „Lass uns sticken", schlug sie anschließend vor, aus Sorge, Magrow noch mehr zu verärgern, wenn er mitbekam, dass sie sich unterhielten. Brav nahm Ryana ihre ungeliebte Handarbeit auf und versuchte, Mahilas Anweisungen umzusetzen. Aber auch Mahila war unkonzentriert. Zu spät bemerkte sie, wie unordentlich Ryanas Arbeit aussah. Seufzend trennte sie die Stiche wieder auf und stickte schnell etwas weiter. Ryana sah sie überrascht an. Sie zwinkerte ihr zu und legte einen Finger auf ihre Lippen.

Nach einer Weile trat Magrow aus Myanas Kammer. Mahila warf ihm einen fragenden Blick zu, aber er beachtete sie nicht, sondern verließ die Räume. Sobald er die Treppe hinunter gegangen war, eilten sie und Ryana zur Königin. Myana saß tränenüberströmt auf einem Stuhl neben Siguns Bett. Darbun hatte sich in eine Zimmerecke zurückgezogen.

„Dürfen wir nähertreten?", fragte Mahila leise.

Myana nickte. Ryana schlüpfte unter ihrem Arm hindurch und schlich zum Bett ihres Bruders.

„Sigun, du musst gesund werden. Du kannst mich doch nicht allein lassen", flüsterte sie und strich ihrem Bruder über

Stirn und Wangen. Mahila holte ihr einen Hocker. Sie selbst setzte sich an das Fußende von Siguns Bett.

„Wie geht es ihm?", fragte Mahila die Königin. Aber die war so aufgelöst, dass sie nicht in der Lage war, zu sprechen. Fragend schaute Mahila zu Darbun. Als er nickte, ging sie zu ihm.

„Das Bein ist gebrochen. Ich habe Splitter entfernt, es gerichtet und geschient. Mit Hilfe der Sterne wird es gut heilen, der Prinz ist noch jung. Die Wunden habe ich genäht und mit Kräutern behandelt, damit sie sich nicht entzünden. Zum Glück hat der Reitknecht, der den König begleitete, Erfahrung mit Verletzungen. Er hat den Prinzen gut versorgt. Trotzdem wird es eine Weile dauern, bis die Wunden verheilen und die Kopfschmerzen verschwinden. So lange muss er ruhig im Bett liegen."

Erleichtert atmete sie auf. „Seine Zwillingsschwester tut ihm gut", fuhr der Heiler fort. „Seit sie den Raum betreten hat, ist er viel ruhiger."

5. Kapitel

Leider sah der König es anders. Als er gegen Abend die Kammer erneut betrat, entdeckte er Ryana. „Raus", zischte er zwischen den Zähnen und ging auf seine Tochter los.

Mahila erschrak. Zunächst unfähig, irgendetwas zu tun, beobachtete sie, was geschah.

„Aber ich muss auf Sigun aufpassen", entgegnete Ryana mit tränenerstickter Stimme.

„Raus", grölte der König. Mit einem großen Schritt stand er an Ryanas Seite und zerrte sie mit festem Griff von ihrem Bruder weg.

Sofort warf Sigun unter Stöhnen seinen Kopf unruhig hin und her.

„Bitte, Majestät, es tut dem Kronprinzen gut, wenn seine Schwester in der Nähe ist", versuchte Darbun zu vermitteln.

Doch Magrow hörte nicht zu. Wütend schleuderte er seine Tochter durch die Tür und schloss sie wieder. Entsetzt sprang Mahila auf, warf ihrem Neffen einen strafenden Blick zu und eilte zu Ryana. Die lag wimmernd im Frauengemach auf dem Boden und hielt sich den Kopf. Sie hob ihre Großnichte hoch. Als sie Ryanas Hände von ihrem Gesicht löste, entdeckte sie eine große Platzwunde, die sich von der linken Augenbraue nach oben zog.

„Dein Vater wollte das nicht", murmelte sie, obwohl sie daran zweifelte. „Er hat nur so große Angst um Sigun." Dann holte sie ein Tuch, drückte es auf die Wunde und trug Ryana zu ihrem Bett. Danach öffnete sie leise die Tür zu Myanas Kammer. Doch noch immer unterhielt sich der König mit dem Heiler. Als Darbun Mahila erblickte, nickte er ihr zu. Um nicht noch mehr Streit zu provozieren, zog sie sich leise zurück. Nicht leise genug, denn Magrow drehte sich um und fauchte: „Was machst du hier?" „Pst!" Sie legte ihren Zeigefinger auf den Mund und zeigte auf den Prinzen, der inzwischen ruhig schlief. „Sigun erwacht sonst." Sie machte eine Pause, bevor sie hinzufügte: „Ich brauche den Heiler."

„Der hat keine Zeit", bestimmte Magrow.

„Möchtest du beide Kinder verlieren?", zischte sie. Wütend ballte sie die Fäuste.

Anscheinend wirkte ihre Bemerkung, Magrow drehte sich wortlos zu seinem Sohn. Einen Augenblick zögerte sie, dann winkte sie Darbun zu sich. Gemeinsam verließen sie den Raum. Das Tuch, das sie auf Ryanas Wunde gelegt hatte, war inzwischen durchgeblutet. Außerdem klagte sie über Kopfschmerzen.

„Oje", meinte Darbun. Er untersuchte Ryanas Kopf und überprüfte die Augen. Danach reinigte er die Wunde mit einer Tinktur und legte ein großes blutstillendes Blatt als Verband darauf. Als Letztes befestigte er alles mit einem Band. „So, Prinzessin, du bleibst jetzt drei Tage brav in deinem Bett liegen", befahl er.

„Aber ich muss zu Sigun", widersprach Ryana.

„Solange der König bei ihm weilt, ist das keine gute Idee", murmelte er so leise, dass nur Mahila ihn verstand.

„Wir schauen, ob wir zu Sigun schleichen können, wenn der König den Raum verlassen hat", versprach Mahila.

„Sobald er zurückkehrt, wird er sie entdecken", gab Darbun zu bedenken.

„Das wird nicht passieren", erwiderte sie, fest entschlossen, eine Lösung zu finden. Vorsichtshalber gab der Heiler dem Kind noch einen beruhigenden Trank, sodass es bald einschlief. Nachdem er gegangen war, hörte Mahila im Nachbarraum einen Streit. Durch die dünnen Wände konnte sie jedes Wort verstehen.

„Du verlässt sofort den Raum. Sigun braucht Ruhe", befahl Magrow. „Ich bin seine Mutter und werde bei ihm bleiben. Ich habe den ganzen Tag Zeit, mich um meinen Sohn zu kümmern. Du bist derjenige, der regiert. Du musst mit deinen Verwaltern und den Gesandten aus fremden Ländern sprechen." Sie staunte, wie sehr die sonst so stille und friedliebende Myana um das Wohl ihres Sohnes kämpfte.

Es ging noch eine Weile weiter, doch Myana setzte sich diesmal durch. Sobald der König wieder nach unten gegangen war, schlich Mahila sich in den Raum. „Wie geht es Sigun?", fragte sie besorgt.

„Er schläft. Aber er ist unruhig, seitdem Ryana den Raum verlassen hat."

„Wir sollten sie in dieses Zimmer bringen und sie verbergen." Suchend schaute sie sich um.

Als einziges Versteck eignete sich die Kleidertruhe der Königin. Myana folgte ihrem Blick und nickte. Rasch trug sie Ryana in die Kammer, während Myana in der Truhe Platz schaffte und Decken hineinlegte.

„Du kannst nur hierbleiben, wenn du ganz still bist", erklärte sie. Ihre Großnichte verstand sofort und gehorchte ohne Widerworte.

Auf Anweisung Magrows wachte Darbun noch immer bei Sigun. Wortlos hatte er alles beobachtet, jetzt verließ er kurzzeitig den Raum und kam mit einem Werkzeug zurück. Schnell bohrte er in die Rückseite der Truhe zwei Löcher.

So lag Ryana drei Tage lang in der Truhe. Nur Darbun war eingeweiht. Nicht einmal der Magd fiel etwas auf, da Mahila erklärt hatte, ihre Großnichte selbst zu pflegen. Sie hatte gespürt, wie erleichtert die Magd gewesen war. Hätte sie die kleine Prinzessin betreut, hätte sie Ärger mit dem König riskiert. Immer wenn der König weg war, öffneten die Frauen den Deckel der Truhe und unterhielten sich leise mit Ryana. Zum Essen und Trinken durfte sie sich aufsetzen. Ab dem dritten Tag erlaubte der Heiler ihr, manchmal kurz aufzustehen. Allmählich nahmen die Kopfschmerzen ab. Mahila war zufrieden mit ihrer Taktik, denn Sigun spürte offensichtlich die Nähe seiner Zwillingsschwester und verhielt sich viel ruhiger. Darbun musste ihm nicht mehr so oft Heilmittel verabreichen.

Nach zwei Wochen war Sigun über den Berg und langweilte sich. Daher erlaubte Darbun ihm, das Bett zu verlassen, auf der Bank am Fenster zu liegen und sich Mahilas Märchen und Sagen anzuhören. Weitere zwei Wochen später durfte er sogar im großen Saal auf einer Bank ruhen. Häufig trug König Magrow ihn eigenhändig hinunter.

Auch Ryana hatte sich erholt. Zu ihrer roten Narbe auf der Stirn sagte niemand etwas, schon gar nicht der König. Die Prinzessin ging ihrem Vater noch mehr aus dem Weg als zuvor.

Zwei Monde später erlaubte der Heiler, dass Sigun sein Bein vorsichtig belastete. Erst ermüdete der Prinz sehr schnell, doch schon bald konnte er wieder laufen, auch wenn er humpelte. Auf die besorgte Frage der Königin zuckte Darbun nur die Achseln und meinte. „Ihr müsst froh sein, dass das Bein so gut verheilt ist und er überhaupt wieder laufen kann."

6. Kapitel

In den nächsten Jahren beobachtete Mahila, dass sich das Verhältnis der Zwillinge änderte. Ryana nahm sich immer mehr zurück, während Sigun selbstbewusster wurde und meistens bestimmte. So manches Mal stand sie mit Ryana am Fenster und schaute seinem Waffentraining zu. Mit seiner Schnelligkeit und dem guten Auge glich er seine Behinderung aus. Noch immer hingen die Geschwister sehr aneinander. Mahila freute sich, wenn sie hörte, wie er seiner Schwester Dinge erklärte, die eigentlich nur Männer lernten.

„Das Mädchen ist zu wild. Wie soll sie später einmal die Pflichten eine Fürstin erfüllen, wenn sie sich so benimmt?", sagte Myana eines Tages zu Mahila. „Eine Magd hat mir berichtet, dass Ryana mit ihrem Bruder den Schwertkampf übt. Ich habe der Magd verboten, darüber zu sprechen."

„Sobald die Prinzessin erwachsen ist, wird sie sich für Männer interessieren und andere Dinge werden dann unwichtig", tröstete Mahila. „Wenn Ihr zu viel verbietet, wird sie aufsässig und gar nicht mehr hören."

Seufzend gab die Königin nach. Mahila versuchte, zusammen mit Myana, ihre Großnichte zu ruhigeren Beschäftigungen anzuhalten, aus Angst, den König zu verärgern. Sie sprach auch mit Sigun und bat ihn, vorsichtig zu sein, um Ryana nicht der Wut des Vaters auszusetzen.

Eines Tages nahm der König seinen Sohn mit zu den Bauern, um die Aussaat und die Ernte zu begutachten und den Zustand der Nutztiere zu überwachen. Mahila wusste, wie Ryana darauf reagieren würde. Die Prinzessin war damit beschäftigt, die Hühner und Gänse zu füttern, Eier einzusammeln, Gemüse anzubauen und die Arbeit der Mägde zu überwachen.

„Warum muss ich so langweilige Dinge tun? Ich würde viel lieber mit meinem Bruder und meinem Vater durch die Gegend reisen und das Volk besuchen. Dann könnte ich lernen, wie die Felder bestellt werden und wie das Vieh gehalten wird", klagte Ryana.

Da konnte Mahila nicht helfen. Alles Bitten bei ihrem Neffen war erfolglos. „Ryana wird nie einen Ehemann finden, wenn sie sich wie ein Junge verhält. Die weiblichen Künste sind wichtig. Ohne die Arbeit der Weiber würden wir uns mit Fellen behängen und nur Fleisch essen", erklärte der König.

Abends, wenn die Kinder im Bett lagen, und Mahila im Nachbarraum noch webte, lauschte sie den Gesprächen der beiden. Sigun erzählte von seinen Erlebnissen und erklärte, wie und wann Felder bewirtschaftet und wie Tiere gezüchtet wurden. Mahila staunte, wie schnell er alles annahm und begriff. Einmal beobachtete sie, wie er an einem schönen Tag im Burghof Landkarten auf den Erdboden malte und die Gegenden benannte mit allen Bergen, Flüssen und Seen. Ryana löcherte ihn mit Fragen und sog alles in sich auf. In immer mehr weiblichen Künsten unterwies Mahila ihre Großnichte. Sie zeigte ihr auch, wie der große Haushalt der Burg zu führen war. Ryana erwies sich als sehr gelehrig.

Aber Mahila tat noch mehr. Sie sprach mit ihrer Großnichte darüber, wie eine Burg verteidigt wurde. Das war etwas, das Königin Myana nie gelernt hatte. Ihr Vater und Großvater hatten die Meinung vertreten, dass Männer dazu viel geeigneter waren. Dabei wurden Burgherrinnen seit Generationen in diesen Fertigkeiten unterwiesen. Leider erfuhr der König von diesem Unterricht. Sofort verbot er seiner Tante, damit fortzufahren.

„Und wer soll die Verteidigung der Burg organisieren, wenn die Krieger auf dem Schlachtfeld kämpfen?", rief Mahila aufgebracht.

„Es bleiben immer genug Männer zur Verteidigung der Burg zurück", herrschte der König sie an.

Doch sie ließ sich nicht einschüchtern. „Zur Geburt meines Bruders, deines Vaters, sagte die Seherin einen Überfall der Reitervölker vorher. Fast alle Männer wird es das Leben kosten, nur die Frauen werden das Reich retten."

„Papperlapapp! Die Vorhersage ist ja nicht eingetreten. Die Seherin hat die Sterne falsch gedeutet."

Energisch schüttelte sie den Kopf. „Die Seherin sagte nicht, wann das Ereignis eintreten wird, vielleicht erst unter der Herrschaft deiner Kinder oder Enkel. Aber wir sollten vorbereitet sein."

„Der Aberglaube ist doch nur für alte Weiber gut", spottete Magrow. „Außerdem sind die meisten Vorhersagen so nebulös formuliert, dass man sie falsch versteht." Seine Augen glitzerten, ein Zeichen, dass er verärgert war. Deshalb schwieg Mahila.

„Herr, bedenkt, welchen diplomatischen Wert eine Prinzessin hat. Ihr könnt mit Ryana mächtige Bündnisse schließen", schmeichelte die Königin ihren Gemahl, als der wieder einmal jammerte, nur einen einzigen Sohn zu haben, dafür aber eine nutzlose Tochter.

Mahila sah von ihrer Stickerei auf. Es amüsierte sie, wie Myana auf ihre eigene, weibliche Art ihren Kopf durchsetzte.

„Die Seherin hat gesagt, dass sie einen ungebildeten Reiterfürsten heiraten wird. Wie kann ich da eine vorteilhafte Ehe für sie planen?", knurrte Magrow. Missmutig schaute er sein Weib an und griff nach dem Becher Wein.

„Welchen Reiterfürsten kann Sapha gemeint haben?", überlegte Myana.

„Den Fürsten von Burani. Weitere Reiterfürsten gibt es nicht. Alle anderen Nachbarn sind sesshaft, bebauen ihr Land und verteidigen sich in Burgen", erklärte der König. Heftig setzte er den Becher wieder ab.

„Wir sollten für unsere Tochter eine vorteilhaftere Ehe anstreben. Ich möchte mein Kind nicht in die Hände von grausamen Barbaren geben." Tränen traten Myana in die Augen. „Bitte, schwört mir, Ryana nicht zu früh einem Mann zu versprechen. Vielleicht gibt es einen Fürsten, den wir noch gar nicht kennen. Hattet Ihr nicht gesagt, dass Sapha ihr eine erfolgreiche Zukunft geweissagt hat?"

Der König nickte.

„Bitte, schwört es, ich habe sonst keine ruhige Nacht mehr." Aufgeregt zupfte sie am Ärmel ihres Gatten.

Den König rührte ihre Sorge. Er lächelte, legte seine Hand auf ihre und drückte sie leicht. „Wenn es Euch beruhigt, schwöre ich, Ryana erst zu verheiraten, wenn sie ausgewachsen ist. Sie soll ihre Schwangerschaften gesund überstehen."

Erleichterung machte sich auf Myanas Gesicht breit. „Ich danke Euch. Sie wird dann auch selbstbewusst genug sein, um mit den Unbilden des Lebens und vielleicht auch ihrer neuen Heimat zurechtzukommen."

Mahila senkte ihren Kopf noch tiefer, um sich ihre Belustigung nicht anmerken zu lassen. Wie erwartet hatte sich Myana durchgesetzt. Obwohl sie mit der Erziehungsmethode nicht einverstanden war, sagte sie nichts dazu, wenn sie wieder einmal beobachtete, dass Myana mehr als zuvor versuchte, ihre kleine Tochter zu einer braven Königstochter zu erziehen. „Eine Prinzessin benimmt sich, sie tobt nicht wie ein Junge herum", erklärte sie häufig. Oft wurde Ryana bestraft, wenn sie wieder zu wild war oder etwas Unerlaubtes getan hatte.

Immer schüchterner und ängstlicher wurde das einst so lebhafte Kind.

Wenn Mahila mit der Prinzessin zusammen Wolle spann, erzählte sie ihr alte Märchen und Sagen. So manches Mal schlich Sigun hinzu und lauschte aufmerksam den Erzählungen. Auch dies kam dem König zu Ohren.

„Ihr verweichlicht mir den Knaben zu sehr", grollte Magrow seiner Tante.

„Majestät, die Geschichte der Herrscherfamilie und des Sternenreichs lernt jeder adlige Junge in unserem Land", beschwichtigte sie ihren Neffen. „Ihr selbst habt doch zu den Füßen Eurer Großmutter gesessen, wenn sie von früher berichtete."

Die Miene des Königs wurde weicher und er lächelte in der Erinnerung an seine geliebte Großmutter. „Ihr habt recht. Dann soll es so sein, dass Sigun abends vor dem Schlafen Eure Geschichten hört."

Bei schlechtem Wetter durfte Sigun auch tagsüber die Frauengemächer betreten. Dann weilte er bei seiner Mutter, sang auch mit ihr oder spielte mit seiner Schwester. Da Ryana die Frauengemächer inzwischen nur noch unter Aufsicht verlassen durfte, damit sie nicht wieder den König verärgerte, nahm Mahila sie häufig in den Küchengarten oder zum Kräutersammeln an den Bach mit.

7. Kapitel

Obwohl sich endlich bunte Frühlingsblumen in der Sonne zeigten, war die achtjährige Ryana bedrückt. Ihr Vater und Darbun sorgten sich um ihre zerbrechliche Mutter, die wieder schwanger war. Täglich sah der Heiler nach der Königin und brachte ihr die ersten Salatblätter, frische Kräuter, eingelagertes Obst und das beste Gemüse der Bauern. Auf Geheiß des Königs besorgten die Jäger Wild, damit die Königin bei Kräften blieb. Deutlich spürte Ryana die Angst des Vaters. Jede Nacht hatte sie denselben Albtraum. Schwarze Vögel trugen ihre Mutter fort, anschließend legte sich ein dunkles Tuch über das Land. Jedes Mal wachte sie schweißgebadet auf.

Eines Morgens saß sie mit Sigun in einer Fensternische des großen Saals. „Du bist so blass, was hast du?", fragte ihr Bruder und nahm sie in seine Arme.

„Eine dunkle Wolke liegt auf meinem Herzen", murmelte sie. Davon, dass ihre Familie bedroht war, durfte sie ihrem Zwilling nichts erzählen.

„Welche Wolke? Schau hinaus! Wir haben Frühling und herrlichen Sonnenschein", erwiderte er unbekümmert. „Die Vögel singen, die Bäume schlagen aus und die Veilchen blühen unter den Büschen."

„Ich weiß es nicht. Aber jede Nacht suchen mich die Alben heim und stören meinen Schlaf." Im Stillen fügte sie hinzu: Sie warnen mich wie damals, als du den Unfall hattest.

„Lass uns ausreiten", schlug Sigun vor, um sie abzulenken.

Da zurzeit alle Bediensteten damit beschäftigt waren, sich um das Wohlergehen der Königin zu kümmern, bemerkte niemand, dass sie verschwanden. Eine Weile ritten sie durch das Tal bis zu dem großen See. Dort stoppten sie die Pferde.

„Wir müssen umdrehen", keuchte Ryana. Sie konnte nur noch mit Mühe atmen. Etwas drückte ihre Brust zusammen. Suchend schaute sie in den Himmel. Dunkelheit zog auf - ein drohendes Gewitter. Über die Berge schoben sich violette Wolken, deren Ränder sich gelb verfärbten. „Sieh nur, Sigun, ein Unwetter!", stieß sie hervor. „Wenn wir uns beeilen, dann schaffen wir es bis zu Walduns Bauernhof."

Sie trieben die Tiere an, die bereitwillig zum Stall strebten. Schon hingen die schweren Wolken direkt über ihnen und es wurde dunkel. Schließlich blitzte und donnerte es um sie herum. Aber es regnete nicht. Wind kam auf und peitschte Sandkörner vor sich her, die schmerzend in ihre Gesichter stachen. Die Pferde ließen sich nur noch schwer am Zügel halten.

Ryana bemerkte, dass Sigun seinen Wallach kaum bändigen konnte. Obwohl sie seltener auf einem Pferd saß als er, war sie die bessere Reiterin. Deshalb ritt sie jetzt voran. Bis zum Bauernhof würden sie es nicht mehr schaffen. Einer Eingebung folgend, schlug sie nicht den Weg entlang des Baches ein, der zu Walduns Hof führte, sondern ritt den Berg hinauf zum Heiligtum.

„Komm zurück, du wirst die Seherin und die Sterne erzürnen", brüllte Sigun.

„Sapha wird uns helfen", schrie sie zurück. Dann zügelte sie ihr Pferd, damit es seinen Weg zwischen den Bäumen den Berg hinauffand.

Unterhalb des Steinkreises tauchte eine aus Feldsteinen erbaute Hütte auf. Noch nie zuvor waren die Kinder hier gewesen. Die Abgeschiedenheit der Seherin galt allen als heilig. Niemandem war es erlaubt, sie ungefragt aufzusuchen.

Die Tür öffnete sich und Sapha trat heraus. „Bringt eure Tiere in den Pferch!", befahl sie und wies auf die kleine Koppel neben der Hütte. Dort gab es einen Unterstand, wo sich drei Ziegen aneinanderdrängten. Ryana rutschte vom Pferd, führte es zu den Ziegen und band es an einen Pfosten. Sigun folgte ihrem Beispiel. Dann liefen sie zur Hütte der Seherin, die sie gerade rechtzeitig erreichten, denn jetzt begann der Regen herab zu prasseln. Erleichtert blieb Ryana vor Sapha stehen. Unter dem Blick der alten Frau fühlte sie sich geschützt.

„Ich habe euch erwartet", murmelte Sapha. „Setzt euch ans Feuer und wärmt euch auf."

„Wieso habt Ihr auf uns gewartet?", fragte Sigun neugierig. Ryana stieß ihn mit dem Ellbogen an. So redete man nicht mit der Seherin.

Doch Sapha lächelte und meinte: „Ich habe es in den Wolken gesehen. Solange das Unwetter tobt, bleibt ihr in meiner Hütte. Hier seid ihr sicher. Sobald sich Sturm und Regen legen, reitet ihr schnell nach Hause. Ihr werdet schon vermisst."

Schuldbewusst senkte Ryana den Kopf. Sie wollte ihrer Mutter nicht noch zusätzlichen Kummer bereiten. Die Königin sorgte sich doch so sehr um ihre Kinder. Außerdem hatte Ryana Angst vor der Wut ihres Vaters.

Da spürte sie, wie eindringlich Sapha sie musterte. „Wenn du nicht die Königstochter wärst, würde ich dich als meine Nachfolgerin ausbilden", erklärte sie.

Damit hatte Ryana nicht gerechnet. Wieso hielt Sapha sie für geeignet? Nur weil sie ab und zu so ein bedrückendes Gefühl hatte?

„Warum könnt Ihr sie denn nicht ausbilden?", fragte Sigun. Ryana funkelte ihn an. Musste er sich ausgerechnet hier so naseweis benehmen?

„Weil dein Vater eigene Pläne für seine Kinder hat."

„Ist es nicht wichtiger, dass unserem Volk immer eine Seherin zur Verfügung steht?", überlegte Sigun laut.

„Bereits bei ihrer Geburt wurde Ryana eine andere Aufgabe übertragen."

„Ach! Und was ist mit mir?" Ihr Bruder warf der Seherin einen herausfordernden Blick zu.

Doch die schüttelte nur den Kopf. Neue Sorgen beschlichen Ryana. Was verschwieg Sapha? Ihr Vater hatte sich über die nichtssagende Aussage zur Geburt des Kronprinzen sehr geärgert. Das erwähnte er häufig. Ihr Blick wanderte zu Sigun und dann wieder zurück zur Seherin.

Sapha sah ihren Bruder so streng an, dass er seine Augen senkte. Anschließend nahm sie zwei Becher vom Bord an der Wand und füllte sie mit dem Kräuteraufguss, der im Kessel über dem Feuer köchelte. „Das wird euch aufwärmen und verhindern, dass ihr krank werdet", meinte sie.

Gehorsam nahm Ryana den Becher und schlürfte vorsichtig das heiße Getränk. Sogleich wurde ihr warm. Müde sank sie auf das Lager an der Wand und schlief an Sigun gekuschelt ein.

Sie erwachte, als Sapha sanft an ihrer Schulter rüttelte. Noch benommen rieb sie sich die Augen, Sigun neben ihr dehnte und streckte sich. „Das Unwetter legt sich. Sobald der Regen aufgehört hat, reitet ihr nach Hause", sagte die Seherin in bestimmtem Ton. „Ich muss zum Heiligtum. Die Ratsuchenden werden gleich erscheinen."

Ein strenger Blick von ihr genügte. Rasch standen die Kinder auf und liefen zur Tür. Der Regen ließ nach. Sie nickten einander zu und machten sich auf den Weg zu ihren Pferden. Im letzten Augenblick besann sich Ryana, drehte sich um und rief: „Vielen Dank, Sapha, dass wir uns aufwärmen durften." Dann eilte sie Sigun hinterher.

Als die Burg nach einem schnellen Ritt endlich vor ihnen auftauchte, war es bereits dunkel. Ryana beschlich ein bedrückendes Gefühl. Sie spürte, dass ein Unheil geschehen war. Die Ahnung verstärkte sich, als sie in die Burg hineinritten, denn es war merkwürdig still.

„Ein Unglück ist geschehen", murmelte sie und Sigun widersprach ihr nicht.

8. Kapitel

Das Unwetter ließ gerade nach. Wie damals zur Geburt der Zwillinge, eilte der König mit Opfertieren zur Seherin, diesmal allerdings nicht voller Freude, sondern voller Sorge um seine geliebte Frau. Die Entbindung verzögerte sich, das Kind wollte nicht auf die Welt und die Königin war inzwischen so geschwächt, dass sie nicht mehr ansprechbar war. Schon nach dem ersten dröhnenden Donnerschlag hatte Darbun den König gerufen.

„Herr, es steht schlecht um Eure Gemahlin. Nehmt Abschied von ihr.“

Wütend hatte Magrow ihn geschlagen, sodass Darbuns Nase blutete. „Helft ihr!“, hatte er gebrüllt und den Raum verlassen.

„Ihr müsst Königin Myana retten!“, forderte er verzweifelt, als er jetzt zu Sapha in den heiligen Steinkreis trat, ohne die üblichen Rituale einzuhalten.

„Ich kann keine Toten aufwecken, das kann kein Mensch“, erwiderte die Seherin unwirsch.

„Myana lebt noch“, schrie er.

Doch sie schüttelte nur den Kopf.

„Nutzt Eure besonderen Fähigkeiten!“ Der König stand mit zornigem Gesicht vor ihr und drohte mit erhobener Faust.

„Die habe ich Euch zu Eurer Hochzeit zur Verfügung gestellt!“ Ohne einen Schritt zurückzuweichen, sah die Seherin ihn ernst an. Dabei überragte sie der breitschultrige Herrscher um mehr als einen Kopf.

„Zwei Kinder werden Euch geschenkt, geht achtsam mit Eurer Frau um …", flüsterte er. Seine Stimme versagte. Tränen liefen ihm über die Wangen. „Wir waren so glücklich. Ich habe mich zurückgehalten. Aber Myana wollte unbedingt weitere Kinder. Sie wollte einen zweiten Sohn für den Fall, dass Sigun etwas zustößt."

„Ihr hättet dankbar sein sollen, dass ihr zwei gesunde, kluge Kinder habt. Die Sterne verübeln es uns Menschen, wenn wir zu viel verlangen."

Die Schafe wies sie als Opfer zurück, aber die seltenen Kräuter, die Darbun dem König mitgegeben hatte, nahm sie dankend an und entzündete auf der Opferstelle ein kleines Feuer. Als es richtig stark brannte, schüttete sie die Kräuter hinein. Wohlgeruch breitete sich aus. Sie winkte den König, näherzutreten, und befahl ihm, tief ein - und auszuatmen. Tatsächlich hatte der Geruch eine beruhigende Wirkung auf Magrow.

„Seid Euren Kindern ein guter Vater, habt Geduld mit ihnen und liebt sie. Wenn sie älter sind und die Zeit kommt, sie zu vermählen, wählt ihre Partner achtsam und weise."

In den Monden nach dem Tod der Königin war König Magrow nur noch ein Schatten seiner selbst. Ryana ging ihm nach Möglichkeit aus dem Weg. Einmal belauschte sie ein Gespräch, als sie am Fenster saß und nähte. „Der König ist nicht mehr Herr seiner Sinne. Ich hätte nie gedacht, dass er Königin Myana so sehr liebt", sagte Surani. Seine beiden Gesprächspartner stimmten ihm zu. Ein anderes Mal half sie in der Küche, als Surani im Saal die Stimme erhob und energisch forderte: „Majestät, Eure Kinder brauchen Euch und Euer Volk ist verunsichert. Zum Glück sind unsere Nachbarn uns wohlgesonnen. Trotzdem müsst Ihr Euch um die Beziehungen zu ihnen kümmern, bevor sie auf dumme Gedanken kommen."

Erschrocken schaute Ryana zu den Mägden, doch die taten, als ob sie nichts gehört hätten.

Nichts half. Ihr Vater war kaum ansprechbar, der gesamte Hof trauerte mit ihm. Ryana war nur acht Jahre alt. Sie hatte vor Kurzem ihre Mutter verloren und ihren Vater durfte sie nicht ansprechen, sie litt unsäglich. Zum Glück fand sie bei Sigun etwas Trost. Auch er beklagte sich bei ihr, dass der Vater nicht für ihn da war. Leider sah sie ihren Bruder immer seltener. Die Höflinge unterwiesen ihn im Reiten und Kämpfen. Surani führte ihn in die Verwaltung des Landes ein.

Ihre Großtante nahm Ryana oft in die Arme und versuchte, ihren Schmerz zu lindern, indem sie ihr immer neue Dinge beibrachte und von früher erzählte. Die meiste Zeit aber musste Ryana mit den Frauen spinnen, weben und sticken. Immer feinere und anspruchsvollere Werke wurden von ihr verlangt. Dabei hasste sie diese weiblichen Künste. Sie war ungeschickt und wurde häufig gescholten, weil sie sich angeblich nicht genug Mühe gab. Manchmal hörte sie, wie ihr Vater die Frauen anhielt, streng mit ihr umzugehen und keinerlei Flausen durchgehen zu lassen. Danach schlich sie sich jedes Mal in eine ruhige Ecke, um zu weinen. Ab und zu wurde sie angehalten, im Garten und in der Küche zu helfen, eine Abwechselung, auch wenn sie diese Arbeiten nicht liebte. Nachts weinte sie sich häufig in den Schlaf. Nur auf der Lyra spielte sie gern. Doch in der ersten Zeit nach dem Tod der Mutter, war Musik am Hof verboten. Später durfte sie nur spielen, wenn der König nicht in der Burg weilte.

Zwei Jahre nach dem Tod der Königin herrschte eine Dürre im Land. Zu allem Unglück lebte der König noch immer abgeschieden in seinem Gram und das Gesinde musste mit ihm trauern.

Eines Tages berichtete Sigun seiner Schwester: „Ryana, ich bin zusammen mit Osun über das Land geritten. Die Felder sind braun, es wird in diesem Jahr kein Getreide geben. Das Vieh verdurstet und die Menschen hungern. Mein Freund Brido erzählte mir vor ein paar Tagen, dass sein Großvater den Bauernhof verlassen hat, um Essen aufzutreiben. Aber dann hat Brido gestern ein Gespräch seiner Eltern belauscht. Die sagten, der Ahne sei zum Sterben weggegangen. Er hat sich geopfert, damit die Kinder etwas zu essen haben." Ihm kamen die Tränen. Ryana nahm ihn in die Arme und weinte mit ihm.

Als die Tränen versiegten, wischte sie ihr Gesicht mit einem Ärmel trocken und flüsterte: „Wie können wir ihnen helfen?"

„Wir müssen Vater drängen, sich endlich um sein Volk zu kümmern. Er ist der König. Er wird wissen, was zu tun ist."

Bei nächster Gelegenheit fing Sigun seinen Vater ab. Ryana schlich zur Treppe und belauschte das Gespräch. „Herr, es hat lange nicht geregnet und Euer Volk hungert. Bitte …"

Noch bevor Sigun ausgesprochen hatte, herrschte Magrow ihn an: „Geh, üb dich im Schwertkampf! Du bist viel schlechter als deine Altersgefährten."

„Bitte …"

„Geh jetzt!", brüllte Magrow.

Ryana zitterte vor Angst. Hoffentlich tat ihr Vater ihrem Bruder nichts an. Von oben sah sie, wie Sigun sich beeilte, den Saal zu verlassen. In diesem Moment spürte sie eine Hand auf ihrer Schulter. Als sie auf aufblickte, hielt Mahila einen Finger an die Lippen und bedeutete Ryana, ihr zu folgen. In der Kammer der Königin schloss ihre Großtante sie in die Arme und wiegte sie wie ein kleines Kind. „Er trauert noch immer um deine Mutter", flüsterte sie.

„Ich hatte Angst, dass er Sigun etwas antun würde", wisperte Ryana.

„Er liebt euch, auch wenn er es nicht zeigen kann." Erst als Ryana sich beruhigt hatte, verließen sie auf Zehenspitzen den Raum und setzten sich an ihre Handarbeiten.

Da König Magrow die Frauengemächer kaum noch betrat, ließen die Frauen die Tür offen stehen und belauschten die Männer unten im Saal. So hörte Ryana beinahe täglich, wie die Berater, allen voran Surani, der Heerführer Osun und Prinzessin Mahila versuchten, den König zum Handeln zu bewegen. Sie alle hatten keinen Erfolg. An einem frühen Morgen, an dem die Trostlosigkeit des Hofes wie eine Wolke über allen hing, schlich sich Ryana wieder an die Treppe und lauschte. „Majestät, die Felder verdorren, das Vieh verhungert auf den vertrockneten Weiden. Viele Eurer Untertanen werden sterben, wenn Ihr nicht helft", flehte Surani den Herrscher an.

„Was kann ich schon dagegen tun? Es ist der Wille der Sterne", gab der König zurück.

„Öffnet Eure Schatulle und schickt Händler in den Westen. Dort gibt es genug Wasser und die Ernte war reichlich."

Doch der König brummte nur etwas.

Mittags saßen Ryana und Sigun am Brunnen und aßen Wurzeln. Da erzählte sie ihrem Bruder, was sie gehört hatte. Gemeinsam beschlossen die Kinder, den obersten Berater aufzusuchen. Doch Surani traute sich nicht, auf eigene Faust zu handeln, obwohl Ryana und Sigun ihn anflehten loszureiten.

„Ich kann nicht den Befehlen von zehnjährigen Kindern gehorchen", wehrte er ab.

Entmutigt verließen sie ihn und zogen sich in den Küchengarten zurück.

„Wir müssen noch einmal mit Vater reden", drängte Ryana.

„Das habe ich doch schon versucht, er hört überhaupt nicht zu. Es ist, als wäre sein Verstand erloschen", erwiderte Sigun.

Mit gerunzelter Stirn überlegte Ryana. „Dann muss die Seherin helfen. Sattele morgen in aller Früh zwei Pferde und reite hinaus, sobald das Tor geöffnet wird. Ich schmuggle mich in den Karren des Knechts Hulin. Der soll doch gleich nach Sonnenaufgang nach Westen fahren, um etwas Getreide aufzutreiben."

Sigun zögerte. „Sapha wird böse mit uns sein. Aber du hast recht, etwas muss passieren. Machen wir es so, wie du vorgeschlagen hast."

„Verschlaf bloß nicht", warnte Ryana.

Noch bevor die Sonne aufging, weckte Sigun seine Schwester. Ryana war sofort hellwach. Auf Zehenspitzen verließen sie das Gebäude. Sigun eilte zum Stall und sattelte die Pferde, während Ryana sich im Karren unter den leeren Getreidesäcken versteckte.

Ob Hulin etwas bemerken würde? Vor Sorge war sie unruhig und musste sich zwingen, still liegen zu bleiben. Sie hatte Glück, der Knecht war wohl noch schläfrig, als er die Esel anspannte und die Burg verließ. Ihm fiel es nicht auf, dass die Säcke ziemlich viel Platz benötigten. Ryana wagte kaum zu atmen. Als sie den Berg hinunterfuhren, bedeckte sie Mund und Nase mit ihrem Ärmel, da der Staub sie zum Husten reizte. Doch als sie in Flussnähe waren, hielt sie es nicht mehr aus. Sie lupfte die Säcke und spähte hinaus. Hulin saß zusammengesunken vorne auf dem Karren. Auf der rechten Seite tauchten jetzt die ersten Büsche auf. Schnell befreite sie sich von den schmutzigen Säcken, sprang vom Wagen und huschte zum Gebüsch. Hinter einer Trauerweide hockte sie sich auf den Boden und schaute den Eseln hinterher.

Anscheinend schlief Hulin, die Tiere kannten ihren Weg. Endlich, nach einer gefühlten Ewigkeit, erschien ihr Bruder mit den Pferden. Sie wartete seinen Pfiff nicht ab, sondern lief ihm entgegen.

„Fast hätten sie mich erwischt. Der Torwächter war misstrauisch. Ich erzählte ihm, dass ich mich mit Brido, dem Jungen aus dem Dorf, verabredet hätte und deshalb das zweite Pferd bräuchte."

„Gut gemacht", lobte Ryana.

Sie ritten nicht zum Heiligtum, sondern umrundeten den heiligen Berg und folgten dem Weg zur Hütte der Seherin, den sie in jener Unwetternacht genommen hatten.

Wie damals erwartete Sapha sie bereits. „Da seid ihr. Es wird Zeit", erklärte sie.

Verwundert schaute Ryana zu ihrem Bruder, der ihren Blick erwiderte.

„Hätten wir denn früher kommen sollen?", fragte Sigun.

„Du bist der Nachfolger deines Vaters, du trägst Verantwortung und musst dich um dein Volk kümmern", sagte sie nur.

Sofort fühlte Ryana sich schuldig, obwohl sie und ihr Bruder versucht hatten, etwas zu unternehmen.

Sigun rieb sich am Ohr. „Aber ich bin doch noch ein Kind. Mein Vater spricht nicht mit mir über die Regierungsgeschäfte und auch Surani erzählt mir nur wenig."

„Und ich darf eigentlich überhaupt nichts über Staatsgeschäfte wissen", warf Ryana ein. „Ich soll mich nur mit Weiberkram befassen und die Frauengemächer möglichst selten verlassen." „Es ist wichtig, über alles Bescheid zu wissen", murmelte Sapha. Dann bedeutete sie ihren jungen Besuchern mit einem Wink, ihr zu folgen. Am Stall griff sie sich ein Huhn und nahm es mit. Gemeinsam stiegen sie dann zum Heiligtum hinauf. Im Steinkreis angekommen, stimmte die

Seherin einen schauerlichen Gesang an. Ryana taten ihre Ohren weh, doch sie schwieg und versuchte, ihre Gesichtszüge unter Kontrolle zu halten. Sie fand Saphas Verhalten sehr merkwürdig.

Nachdem Sapha den Gesang beendet hatte, hieß sie Sigun, das Huhn mit dem Messer zu köpfen. Kurz zögerte der Junge. Dann atmete er tief ein, zog seinen Dolch, fasste das Huhn, schloss die Augen und stach zu. Blut spritzte heraus und besudelte ihn.

„Halte es über die Mulde", befahl die Seherin mit leiser Stimme. Sigun öffnete die Augen. Er sah sehr blass aus, doch er tat wie ihm geheißen. Das Blut lief in die Mulde.

„Gut so", sagte die Seherin und sang erneut. Anschließend befahl sie: „Taucht eure Hände in das Blut." Wieder zögerte Sigun. Doch Ryana trat näher und schaute zur Seherin. Als diese nickte, stieß sie ihren Bruder an und tauchte dann ihre Hände in das Blut. Sigun folgte ihrem Beispiel widerwillig. Er benetzte seine Haut nur, während Ryana ihre Hände ganz in das Blut legte.

„Singt mit mir", forderte Sapha sie auf.

Mit heißeren Stimmen sangen sie das Lied der Seherin Strophe für Strophe nach.

„Gut so! Jetzt werde ich mit dem König sprechen", erklärte Sapha. „Holt eure Pferde und reitet heim." Mit diesen Worten drehte sie sich um und stieg den Berg hinab.

Ryana und Sigun schauten ihr hinterher. Dann wischten sie ihre Hände im Gras ab und eilten zu ihren Tieren. Damit sie von der Burg aus nicht beobachtet werden konnten, ritten sie über einen Umweg zurück. Vor der Burg stieg Ryana vom Pferd und mischte sich unter die Bauern, die mit ihren Karren in den Burghof drängten. Währenddessen brachte Sigun beide Tiere zum Stall.

9. Kapitel

Nachdem Sigun die Pferde versorgt und Ryana beim Brunnen getroffen hatte, huschten sie durch einen Hintereingang in das Hauptgebäude. Der Saal war menschenleer, da die Mägde und Knechte im Hof beim Schweineschlachten halfen. So liefen sie ungesehen zu den Frauengemächern. Oben angekommen hockten sie sich in der Kammer ihrer Mutter hinter die Truhe, um ungestört zu sein. Dann hörten sie Stimmen und schlichen zur Treppe.

„König Magrow", sagte Sapha eindringlich. „Es wird Zeit, die Trauer zu beenden. Königin Myana ist schon seit über zwei Jahren tot und das Sternenvolk vermisst seinen Herrscher. Ihr müsst Eure Pflichten erfüllen. Euer Volk hungert und Eure Kinder verkümmern." Ihre Stimme klang streng.

Die Zwillinge schoben ihre Köpfe ein wenig nach vorne, um hinunter zu spähen. Die beiden Erwachsenen standen vor der Feuerstelle.

Ryana konnte erkennen, wie ernst die Seherin den Herrscher anschaute. Ihr Vater ballte die Fäuste und wirkte grimmig. Deshalb bekam sie Angst und tastete nach Siguns Hand. Noch nie zuvor hatte jemand ihrem Vater etwas befohlen. Wie würde er reagieren? Seine Zornesadern schwollen an, er zog die Augenbrauen zusammen und ballte die Fäuste. Vor Angst zitterte sie. „Ihr wagt es, so mit mir zu sprechen?", donnerte er.

Ryana und Sigun zuckten zusammen. Doch Sapha zeigte keine Regung.

57

„So, wie Ihr es verdient. Ihr seid es nicht würdig, König dieses Landes zu sein."

„Schweigt still!", drohte Magrow. Seine Hand legte sich auf den Griff des Dolches an seinem Gürtel.

„Wollt Ihr etwa Eure Seherin umbringen?", fragte Sapha ganz ruhig.

„Was für eine Seherin seid Ihr! Ihr habt es nicht vermocht, meine Frau und mein Kind zu retten."

„Die Sterne hatten Euch gewarnt. Die Königin durfte nicht noch einmal schwanger werden."

Der König rieb sich seine Schläfen. „Und was soll ich jetzt Eurer Meinung nach tun?", fragte er gereizt.

„Öffnet Eure Schatzschatulle. Beauftragt Händler und die Ältesten, für Euer Volk Getreide, Öl und Trockenfleisch in den Nachbarreichen zu kaufen. Dann reißt die Schleusen zu den Bewässerungsgräben auf, damit es wenigstens im Herbst Gemüse und im nächsten Jahr Getreide gibt."

Verwundert runzelte der König die Stirn. „Welche Schleusen und welche Bewässerungskanäle?"

„Befragt die Geschichtenerzähler! Vor langer Zeit ließ ein Herrscher Bewässerungskanäle anlegen. Davon wird in einem alten Lied berichtet." Es kam Ryana so vor, als wüsste Sapha auch nichts Genaues. Gespannt blickte sie zu Sigun. Der zuckte nur die Schultern. Ob ihre Großtante schon einmal von diesen Bewässerungskanälen und den Schleusen gehört hatte? Immerhin kannte die sich sehr gut in den alten Sagen und Märchen aus. Bestimmt hatte Mahila ihnen noch nicht alle Geschichten erzählt.

Unruhig tigerte Magrow durch den Saal und rieb sich die Hände. Schließlich rief er Surani herein und befahl ihm, Boten auszusenden und alle Erzähler zu befragen. Dann drehte er sich rasch um und blickte genau in ihre Richtung. Er hatte sie entdeckt!

Mit zusammengezogenen Brauen winkte er seine Kinder heran und musterte sie. „Habt ihr etwa gelauscht?", fuhr er sie an. Dann fiel sein Blick auf die Blutflecke auf ihrer Kleidung. „Und wie seht ihr aus?", fügte er aufgebracht hinzu. „Wir waren im Heiligtum und haben ein Huhn geopfert", erwiderte Sigun mit zittriger Stimme.

„Was hat das Blut auf meinen Kindern zu bedeuten?", herrschte Magrow daraufhin die Seherin an.

„Ihr Schicksal", entgegnete Sapha und verließ den Raum.

Die Seherin hatte es endlich geschafft, den König aufzurütteln und wieder ins Leben zurückzuholen. Pflichtbewusst wie nach seiner Krönung kümmerte er sich um sein Volk und suchte Auswege aus der Not. Auf Suranis und Saphas Rat hin schickte er Kaufleute in nahe und ferne Länder, um Nahrungsmittel einzukaufen. Außerdem eilten Ausrufer von Dorf zu Dorf. Sie suchten Geschichtenerzähler auf, um sich nach alten Erzählungen und Berichten über Hungersnöte, Dürren und künstliche Bewässerung zu erkundigen. Leider wusste niemand etwas und der König war schon bald ganz verzweifelt. Konnte die Seherin sich so geirrt haben?

„Selbst wenn wir eine Geschichte finden, in dem von einer Hungersnot erzählt wird, dann ist es sicher nur ein Märchen und wird uns nicht weiterhelfen", unkte Surani beim Abendessen. Obwohl Ryana weiter entfernt bei den Frauen saß, hörte sie es mit ihren feinen Ohren und schaute zu ihrem Vater.

Magrow schüttelte den Kopf. „Nein, die heilige Frau hat sich nicht geirrt. Wir haben nur noch nicht den richtigen Geschichtenerzähler gefunden."

„Unsere Boten waren in jedem Dorf des Landes", meinte Surani.

„Dann müssen sie eben woanders suchen." Der König warf sein Messer auf den Tisch, stand auf und lief grübelnd im Saal auf und ab. Schließlich meinte er: „Im Bergland gibt es viele Quellen und Bachläufe. Soweit wir wissen, gab es dort in der Vergangenheit keine Dürren. Aber in Richtung des Sonnenaufganges breitet sich eine große Wüste aus. Zwei Boten sollten dorthin reisen und sich bei unseren Nachbarn erkundigen."

„Die große Insel im Westen soll auch schon Hungersnöte erlebt haben", fiel Surani ein.

„Dann schicke auch dort zwei Boten hin. Die Gesandten müssen die Landessprachen beherrschen."

Hoffentlich hatten sie Erfolg, es war so nötig! Ryana sandte ein Bittgebet zu den Sternen.

10. Kapitel

Zwei Tage nach diesem Gespräch traten die Boten ihre Reisen an. Wenig später trafen die ersten Lieferungen mit gedörrtem Fleisch von den nächsten Nachbarn aus Burani, dem Land der Moore und Steppen, ein. „Wir können leider nicht mehr entbehren, da wir nur wenig Landwirtschaft betreiben", ließ der Fürst von Burani ausrichten. König Magrow freute sich trotzdem über die Hilfe. Er wusste, dass seine Nachbarn hauptsächlich Nomaden waren, die von der Viehzucht und der Jagd lebten, da sie nur wenig Flächen besaßen, die beackert werden konnten. Kurz darauf schickten zwei Kaufleute vom Inselreich Boten mit der Erklärung, dass bald Schiffe mit Getreide folgen würden.

Der König war erleichtert und fand, es wäre nun die rechte Zeit, an die Zukunft seiner Kinder zu denken. Er besprach sich mit seinem Berater und dem alten Heerführer Osun.

„Es ist wichtig, rechtzeitig Eheverträge zu schließen, sonst sind die bedeutenden Prinzen und Prinzessinnen längst verheiratet", erklärte Surani.

„Ob Sigun und Ryana Eure Vorschläge gefallen?", meinte der greise Osun. „Vielleicht solltet Ihr mit Eurer Tante reden, sie kennt die Kinder am besten."

Fassungslos schaute Magrow ihn an. „Was soll das? Kinder tun das, was der Vater befiehlt. Und meine Tante hat als alte Jungfer doch keine Ahnung."

Ihm entging nicht, dass Surani und Osun einen vielsagenden Blick wechselten.

„Ich weiß", erklärte er, „vor allem Ryana ist etwas widerspenstig, aber sie ist noch ein Kind. Bis sie das heiratsfähige Alter erreicht, wird sie sich an den Gedanken einer Ehe gewöhnt haben."

„Wir müssen klug wählen, der Partner muss zu ihr passen", schlug Surani vor.

„Mittlerweile ist Eure Tochter sanfter. Wenn Ihr der Prinzessin die Notwendigkeit einer Heirat in aller Ruhe erläutert, wird sie Euch gehorchen", erklärte Osun. „Noch muss sie die Führung eines großen Haushalts und die Pflichten einer Burgherrin lernen."

Dass sein Heerführer eine gute Beziehung zu seiner Tante hatte, wusste Magrow. Sicher erfuhr er von Mahila einiges über den Kummer seiner Kinder. „Die Seherin hat bei Ryanas Geburt etwas geweissagt", murmelte er und begann, unruhig im Raum umherzuwandern.

„Und?" Gebannt sahen seine beiden engsten Vertrauten ihn an.

Das verwunderte ihn, denn sie waren damals dabei gewesen und hatten Saphas Worte vernommen. Schließlich erwiderte er: „Die Seherin sagte, dass ich meine Tochter mit einem Reiterfürsten verheiraten sollte und dass sie Großes leisten würde."

„Der junge Haarun von Burani!", überlegte Surani laut. „Andere Reitervölker kenne ich nicht."

„Hinter den Bergen gibt es weitere Völker", wandte Osun ein.

„Die wird sie nicht gemeint haben", wiegelte Magrow ab. „Hat das Sumpfvolk von Burani nicht auch seine Zuverlässigkeit bewiesen? Sie waren die Ersten, die uns Nahrung schickten."

Osun schüttelte den Kopf. „Ja, aber es ist ein kleines, nicht sehr wohlhabendes Volk. Bei einem Überfall könnten sie uns nicht helfen." „Seit vielen Jahren herrscht Frieden", erwiderte er gereizt. „Wir sind mit allen Nachbarn befreundet und verbündet. Und außerdem: Wo soll denn ein mächtiges Reitervolk leben? Sapha kann nur Burani gemeint haben." Die Idee einer Heirat mit Haarun überzeugte ihn immer mehr. „Als jüngerer Sohn des Fürsten kann er gut an unserem Hof leben, falls ein Notfall eintritt."

Surani nickte zustimmend, nur Osun wirkte nicht überzeugt.

„Auf Wunsch von Königin Myana habe ich mit der Partnerwahl lange gewartet", gab er weiter zu bedenken. „Auch in den anderen Adelshäusern stehen die unverheirateten oder noch nicht versprochenen Prinzen weit hinten in der Erbfolge." Schließlich gab Osun sich geschlagen. „Ihr habt recht, sicher hat die Seherin Haarun gemeint", erklärte er.

Doch Magrow wusste sehr wohl, dass sein Heerführer nicht völlig überzeugt war.

„Majestät, Ihr solltet die Verhandlungen um einen Ehevertrag aber erst beginnen, nachdem die Hungersnot überstanden ist", fügte Osun hinzu.

Wieder zog er die Brauen zusammen. Es passte ihm nicht, dass Osun versuchte, Zeit zu gewinnen. „Was ist, wenn sie mehrere Jahre andauert?", entgegnete er ungeduldig.

„Dann sollten wir erst recht mit dem Ehevertrag warten, denn der Fürst von Burani kann uns in einer großen Hungersnot nur symbolisch unterstützen."

„Das stimmt", stellte Surani fest. „Zuerst müssen wir die Versorgung unseres Volkes sicherstellen. Dann könnt Ihr Eure Tochter ohne Sorgen und Hintergedanken einem Prinzen versprechen."

Das leuchtete ihm ein. „So soll es sein", bestimmte er. Dann wandte er sich an Surani. „Holt Auskünfte über Prinz Haarun ein. Ich möchte meine Tochter keinem gewalttätigen

Mann anvertrauen. Selbstverständlich muss er ein mutiger und weiser Kämpfer sein." Auch wenn er sich nicht sehr um seine Tochter kümmerte, fühlte er sich Myana zuliebe verpflichtet, gut für Ryanas Zukunft zu sorgen.

Ryana bereute ihren Ausflug zum Heiligtum nicht, obwohl sie zur Strafe in die Frauengemächer eingesperrt wurde. Nicht einmal den großen Saal durfte sie im nächsten Mond betreten. Nur Prinzessin Mahila und die Mägde bekam sie zu sehen. Von früh bis spät musste sie spinnen, weben, sticken. Es war eine Erleichterung, als sie wieder in der Küche mitarbeiten durfte. Als sie darum bat, in der Heilkunde unterwiesen zu werden, verbot es ihr Vater. Auch das Lyraspiel wurde ihr untersagt. Manchmal gelang es ihr, sich in die Kammer der Mägde zu schleichen und dort eine Weile auf ihrem geliebten Instrument zu spielen.

Neidisch beobachtete sie, wie Sigun von ihrem Vater zur Jagd und zu Übungskämpfen mitgenommen wurde. Immer seltener gelang es ihrem Bruder, sich zu ihr zu schleichen und ihr die Neuigkeiten mitzuteilen. Obwohl er vier Jahre jünger als die anderen Jugendlichen war, wurde er zum Krieger ausgebildet. Der König verlangte viel von seinem Thronfolger und blieb hart. Sobald ihr Bruder eine Schwäche zeigte, wurde er bestraft. So manches Mal blutete ihr Herz, wenn sie mitbekam, wie Sigun sich quälte, denn ihr Vater nahm keine Rücksicht auf seine Behinderung.

„Wer weiß, welche Prüfungen noch auf uns zukommen. Dafür musst du gerüstet sein", hörte sie ihren Vater sagen, als Sigun sich im Saal beklagte. Doch ihr Bruder lernte schnell, seinen bisher vorlauten Mund zu halten. „Es tut mir leid, aber Vater lässt sich nicht bewegen, dich in den Saal und den Burghof zu lassen. Ich habe es mehrmals versucht", flüsterte er ihr während einer Mahlzeit zu, bei der sie die Männer bediente.

„Ein Mädchen muss lernen, bescheiden zu sein und das tun, was ihr Vater oder ihr Gemahl verlangt. Wenn sie es nicht tut, taugt sie nicht als Ehefrau", erklärte König Magrow seiner Tochter kalt. So manches Mal dachte sie, dass ihr Vater nach der langen Trauer seine große Liebe zu ihrer Mutter vergessen hatte, denn wie sonst konnte er so herzlos zu ihren Kindern sein? Sie fühlte, dass sie ihm nur noch als kostbares Handelsgut und nicht mehr als liebenswertes Kind galt. Der Vater hatte sich sehr verändert. Aus dem gütigen, weisen König war ein kaltherziger Herrscher geworden. Trost fand sie nur bei dem Gedanken, dass der König durch seine Härte endlich die Hungersnot besiegen würde.

Niedergeschlagen nahm sie eines Tages die Neuigkeit zur Kenntnis, die ihr Vater seiner Familie verkündete: „Es ist mir gelungen, ein gutes Bündnis mit dem Südreich zu schließen. Ich habe Sigun mit der Königstochter Iridin verlobt."

Ryana sah, dass Sigun versuchte, gleichgültig zu wirken. Natürlich war er nicht gefragt worden, er kannte seine Zukünftige nicht einmal. Dank eines Gesprächs mit Surani wusste er allerdings, dass sie acht Jahre älter war als er und mit ihren achtzehn Lenzen bereits als alte Jungfer galt. Aber er hatte sich zu fügen.

„Die Verbindung ist schon jetzt außerordentlich zufriedenstellend, denn dein künftiger Schwiegervater versorgt uns mit Lebensmitteln." Magrow strahlte vor Freude, als er das erzählte.

An diesem Abend schlich Sigun sich im Dunkeln zu ihr. „Ich bin froh, dass unser Volk nicht mehr hungern muss", sagte sie. Ihr Bruder lächelte schwach. „Jetzt ist Vater auf der Suche nach einem Ehepartner für dich. Ich vermute, dass er sich mit dem Reich des Sonnenuntergangs verbünden will. Schließlich ist es mächtig und der König dort hat viele Söhne."

„Was ist mit den Geschichtenerzählern? Wurde einer gefunden, der etwas zu den Bewässerungsanlagen aus alter Zeit sagen kann?", fragte sie, um abzulenken. An ein Eheversprechen mochte sie nicht denken, das ängstigte sie zu sehr.

„Ja, die Boten haben zwei Männer von ihren Reisen mitgebracht. Doch bisher konnten sie das Rätsel noch nicht lösen." Er lachte bitter. „Natürlich fragen der König und die Berater euch Frauen nicht. Dabei werden viele alte Sagen von Frauen erzählt und die Seherinnen verfügen über besondere Fähigkeiten."

Dieser letzte Satz ließ Ryana keine Ruhe. Da die Handarbeiten sie nicht ausfüllten, hatte sie genug Zeit zum Grübeln. Während sie stichelte, überlegte sie, wie sie ins Gespräch mit den beiden Erzählern kommen oder wenigstens deren Märchen hören konnte.

Zuerst fragte sie Mahila über die Geschichten aus, aber die durfte auch nur noch selten in den Saal, da sie bei ihrem Neffen in Ungnade gefallen war. Also befragte Ryana eine alte Magd, die Mahila sehr ergeben war, aber die gab ihr leider nur eine kurze, wirre Zusammenfassung, denn sie bekam nicht mehr alles so gut mit. Deshalb horchte die Prinzessin schließlich die junge Magd Zinani aus. Das Mädchen war immer freundlich und fröhlich, half Ryana bei ihren Arbeiten und verriet es nicht, wenn Sigun seine Schwester besuchte. Zinani konnte sich besser an die Märchen erinnern, aber Ryana wollte es noch genauer wissen. Kurz danach suchte ihr Vater sie auf, um ihr von seinen Heiratsplänen zu berichten.

„Ich habe mit Fürst Birun von Burani ein Abkommen getroffen. Du wirst seinen Sohn Haarun heiraten. In den nächsten Monden besucht uns eine Hofdame der Fürstin, um dich in der Sprache und den Gebräuchen des dortigen Hofes zu unterrichten."

Ryana erschrak. So weit weg von Sigun sollte sie leben - bei einem Volk, das gänzlich anders war als ihr eigenes! Sie war doch noch ein Kind. Musste sie wirklich jetzt schon heiraten? „Ich dachte, Ihr wolltet eine Verbindung mit dem Reich des Sonnenuntergangs", stotterte sie.

„Wie kommst du denn auf diese Idee? Hat sich Sigun zu dir geschlichen und dir das erzählt?" Schon wieder war der König wütend.

Jetzt wurde sie nervös, sie musste sich schnell etwas ausdenken. „Nein, aber ich habe vor Jahren ein Gespräch zwischen der Königin und Euch belauscht. Da spracht Ihr von Prinz Sautor. Das ist doch einer der Königssöhne des Reichs des Sonnenuntergangs."

Das Gesicht ihres Vaters verfärbte sich rot und er funkelte sie böse an. „Sprich nie wieder über deine Mutter in meiner Gegenwart!"

Da traten ihr Tränen in die Augen. Nicht einmal über ihre Mutter durfte sie reden. Sicher war sie mit einem Ehemann besser dran. „Wann werde ich nach Burani reisen?", fragte sie mit zitternder Stimme. „Du bist noch viel zu jung für eine Ehe. Du hast Zeit, dich in Ruhe auf deine Rolle vorzubereiten. Erst einmal bleibst du bei uns." Zum Glück klang er schon wieder sanfter, deshalb wagte sie es, einen Vorschlag zu machen. „Majestät, es ist so langweilig für mich. Ich habe gehört, dass Ihr Geschichtenerzähler an die Burg geholt habt. Darf ich ihnen lauschen? Ich könnte oben auf der Treppe sitzen. Wenn Ihr wollt, kann ich mich hinter einem Vorhang verbergen." Treuherzig schaute sie ihren Vater an. Der zögerte. Doch sie wusste, dass ihre Tränen Schuldgefühle bei ihm geweckt und ihn sanfter gestimmt hatten. „Ich werde es mir überlegen", erwiderte er und verließ die Frauengemächer.

11. Kapitel

Tatsächlich durfte Ryana zwei Tage später auf einem Kissen auf der obersten Stufe sitzen und lauschen. Sie musste ihre Ohren sehr spitzen, um den älteren Geschichtenerzähler zu verstehen. Er trug seine Geschichten in der Sprache der Insel vor, die Ryana von ihrer Mutter gelernt hatte. Doch das war schon so lange her. Außerdem benutzte er viele Ausdrücke, die sie nicht kannte. Doch als er geendet hatte, wiederholte ein sprachkundiger Mann die Erzählung. Bei ihm klang es nicht so schön, aber jetzt verstand sie alles. In dem Märchen kam ein See vor, in dem sich der Regen sammelte. Wo aber sollte dieser See liegen? Und gab es dort wirklich eine Bewässerungsanlage? Die halbe Nacht grübelte Ryana über das Rätsel, aber ihr wollte und wollte keine Lösung einfallen.

Am nächsten Abend durfte sie wieder auf der Treppe hocken und dem zweiten Geschichtenerzähler lauschen. Diese Erzählung war zwar spannender als die vorherige, aber eine Hungersnot wurde nur erwähnt. Es wurde jedoch nicht erklärt, wie es dazu gekommen war. Vielleicht hatten Heuschrecken die Ernte aufgefressen oder eine Krankheit hatte das Getreide befallen. Dafür erzählte der Mann, dass ein fremder Prinz dem Herrscher geholfen und zum Lohn die Tochter, das einzige Kind des Königs, geheiratet hatte. Nach dem Tod des alten Herrschers war er selbst König geworden. Da wurde Ryana hellhörig. Das musste der Stammvater ihrer Familie sein, auch wenn sie noch nie von ihm gehört hatte. Warum wusste die Seherin nichts Näheres? Ob Mahila etwas von diesem Prinzen wusste? Aus welchem Land stammte er?

Vielleicht gab es in seiner Heimat ausführlichere Überlieferungen.

Am nächsten Morgen befragte sie, während sie spann, ihre Großtante über die Märchen. „War dieser fremde Prinz unser Vorfahre?"

„Nein, das war lange, bevor unsere Familie auf den Thron kam. In Urzeiten herrschte König Wandor. Er hatte fünf Söhne. Alle trugen nacheinander den Königsring. Nur der Jüngste bekam mehrere Kinder und wurde alt."

„Woher stammte Wandor?", fragte Ryana.

„Soviel ich weiß, kam er aus dem Norden, wo der Sommer so kurz ist. Die Leute seiner Heimat galten als hervorragende Holzhandwerker und Fischer."

„Meinst du nicht, dass es im Nordland weitere Geschichten über Prinz Wandor gibt? Vielleicht wird darin berichtet, wie er es schaffte, die Hungersnot zu bekämpfen."

Mahila nickte. „Du bist klug. Das solltest du deinem Vater mitteilen."

Betrübt schüttelte sie den Kopf. „Seit Mutters Tod beachtet er mich kaum noch. Eigentlich spricht er nur mit mir, um mich auszuschelten."

„Soll ich es ihm sagen?", bot Mahila an.

Sie nickte. „Aber verrate ihm nicht, dass die Idee von mir stammt."

Da runzelte ihre Großtante die Stirn. „Du hast recht. Ich werde es ihm auch lieber nicht selbst sagen, sondern Osun darum bitten. Der Heerführer mag mich und der König schätzt ihn sehr."

Ryana sah ihre Tante neugierig an.

„Einst hat Osun um meine Hand angehalten. Aber meinem Vater war ein einfacher Adliger nicht gut genug und der Prinz, den er für mich vorgesehen hatte, starb jung an dem roten Ausschlag. Ein zweiter wurde in einem Kampf getötet und ein dritter ertrank. Danach wollte kein Fürst mich mit seinem Sohn verheiraten, weil alle Angst vor einem angeblichen Fluch hatten. Trotzdem erhörten weder mein Vater noch mein Neffe meine Bitten und ließen mich als alte Jungfer hier am Hof leben."

Das bekümmerte Ryana. Waren denn alle Königskinder so unglücklich? Mahila schien ihre Gedanken zu erraten. „Wir leben für unser Volk. Unsere eigenen Wünsche und Bedürfnisse spielen keine Rolle. Väter oder Brüder schauen, wie sie mit den Frauen ihrer Familie die besten Bündnisse schließen können, damit Frieden herrscht."

„Und damit sie noch mächtiger werden", murmelte sie.

„Stimmt. Aber wenn der König einflussreich ist, geht es dem Volk gut. Dann ist er reicher und kann im Notfall Getreide kaufen, wie es dein Vater getan hat. Und das Land ist so groß, dass keiner sich traut, es anzugreifen."

Sie nagte an ihrer Unterlippe. Dass Königskinder ihre Wünsche dem Wohle des Landes opfern mussten, fand sie ungerecht. Auch sie hätte sich ihren Bräutigam lieber selbst ausgesucht - später, wenn sie einmal im heiratsfähigen Alter war. Sigun ging es auch nicht sehr viel besser als ihr. Aber als Prinz wurde er nicht eingesperrt, sondern durfte herumreiten und viele Dinge lernen.

Schon bald traf die Hofdame der Buranier ein. Zu Ryanas Leidwesen war Dame Iwuna schon älter, außerdem herrschsüchtig und gänzlich humorlos. Sie war groß und hager, hatte eine erdbraune Hautfarbe und fahle Haare. Immer sprach sie mit Ryana in einem strengen, unfreundlichen Ton. Stets kamen nur Anweisungen aus ihrem Mund. Zu allem Unglück durfte sie Mahila nur selten sehen. Sigun zu treffen, war noch schwieriger. Dabei fehlte ihr der Bruder so sehr. Jedes Mal, wenn sie sich kurz begegneten, sprach er ihr Mut zu und berichtete vom Leben außerhalb der Frauengemächer.

Ryana bemühte sich, höflich zu bleiben und die neue Sprache zu lernen, obwohl es ihr schwerfiel. Iwuna schimpfte sie ständig aus und behauptete, dass sie zu dumm wäre, diese einfache Sprache zu begreifen. Außerdem unterrichtete Iwuna sie in den höfischen Sitten ihres Landes. Genau wie am Hofe ihres Vaters war es in Burani wichtig, dass Prinzessinnen sämtliche Handarbeiten perfekt beherrschten. Ryana spann kaum noch, sondern erledigte sehr sorgfältig feinste Nadelarbeiten und webte kunstvolle Muster. Mit der Zeit gewann sie sogar einen gewissen Gefallen an diesen Tätigkeiten. Die schwierigen Web- und Stickkünste verlangten ihre volle Aufmerksamkeit. Ab und zu durfte sie sogar eigene Muster entwerfen. Ein besonders gelungenes Webstück verarbeitete sie nach Iwunas Anweisung zu einem Umhang für Prinz Haarun, um ihre Fähigkeiten als künftige Ehefrau zu beweisen. Sie freute sich, als Iwuna sie aufforderte, auch die Sprache des Südreichs zu lernen, denn die Fürstin von Burani stammte aus dem Südreich. Da Ryanas zukünftige Schwägerin, Siguns versprochenes Weib, ebenfalls aus diesem Land kam, stürzte sie sich mit Feuereifer in die neue Aufgabe. Südländisch fiel ihr leichter, es ähnelte ihrer eigenen Sprache. Nach ein paar Wochen durfte sie wieder musizieren. So spielte sie Lieder auf ihrer Lyra und lernte, die kleine Flöte der Buranier zu spielen.

Allerdings wurde ihre Angst vor der Ehe durch Iwunas Erzählungen immer größer. Bei einer der seltenen Gelegenheiten, bei denen sie allein mit ihrer Großtante war, schüttete sie ihr Herz aus. „Haarun soll sehr freundlich sein", tröstete Mahila.

„Aber das Land muss schrecklich sein", flüsterte Ryana, ängstlich um sich blickend, ob nicht Iwuna irgendwo auftauchte.

„Die Seherin hat dir eine große Zukunft vorhergesagt, du brauchst keine Angst zu haben", meinte Mahila daraufhin.

„Sie hat doch nur gesagt, dass ich einen Barbaren heiraten werde. Was ist daran so großartig?", erwiderte sie aufgebracht.

„Sapha fügte noch etwas hinzu, was der König nicht mitbekommen oder vergessen hat, weil er sich viel mehr für Sigun interessierte. Osun hat es genau gehört und mir damals erzählt. Dem König gegenüber schwieg er, denn er wollte deinen Vater mit dieser Vorhersage nicht reizen. Auch Königin Myana wusste nichts davon. Sapha sagte, dass du die Stammmutter eines mächtigen Fürstengeschlechts sein wirst. Eines Tages wirst du bedeutender sein als fast alle Könige vor dir."

Ungläubig schüttelte Ryana den Kopf.

Von ihrer Tante erfuhr sie viele Tage danach, dass ihre Taktik Erfolg gehabt hatte. Ihr Vater hatte Boten nach Norden gesandt und dort tatsächlich Geschichtenerzähler gefunden, die sowohl von seinen Vorfahren berichteten, als auch von einem großen Stausee und Bewässerungskanälen.

Zum größten Fest des Sternenreichs, dem heiligen Fest der Könige, durfte Ryana die Frauengemächer verlassen, um mit ihrem Vater, Sigun, Surani, Osun, Mahila und Iwuna zum Heiligtum zu gehen und den Sternen zu huldigen. Da die Hofdame die hiesigen Bräuche als primitiv verachtete und ablehnte, hielt sie sich abseits, was Ryana die Gelegenheit bot, mit Sigun zu sprechen.

Leise flüsternd tauschten sie sich aus. „Du musst den alten See suchen, es ist sicher ein Stausee. Der Erzähler sagte, dass sich darin der Regen sammelte. Es muss doch irgendetwas noch sichtbar sein, vielleicht eine Vertiefung oder eine verfallene Mauer in einem Tal, natürlich bei einem Bach, der den

See füllte. Und wie kam das Wasser zu den Feldern? Gab es da Kanäle?"

Sigun nickte, er hatte wohl selbst schon daran gedacht. „Der König lässt bereits seit Monden im ganzen Reich suchen. Aber es gibt keine Gräben. Und solch ein See kann sich in fast jedem Tal befunden haben."

Ryana runzelte die Stirn. „Vielleicht verliefen die Kanäle unterirdisch, sodass man sie nicht sieht." Eine Weile lauschte sie dem Gesang der Seherin und den Sprüchen. Dann schaute sie zum Firmament, ihr Blick fiel auf die drei großen Stelen, über denen unzählige Sterne leuchteten. Auf einmal erkannte sie es klar in ihrem Inneren. „Wenn unser Ahnenstern bei den Säulen steht, weist er dir den Weg", murmelte sie und suchte in der Verlängerung der Blickachse. Vor ihrem geistigen Auge erschien ein riesiger See im fernen Wolfstal. Der Wald auf den Berghängen spiegelte sich in dem klaren Wasser. Ein Schauer lief über ihren Rücken. Sie kannte das Tal und wusste, dass dort nur ein schmaler Bach floss. Die Sterne zeigten ihr den früheren See, die Rettung in der jetzigen Dürre. Leise sprach sie einen Dank für die Sternengötter. „Dort", flüsterte sie und wies mit der Hand in die Richtung.

Sigun folgte ihrem Blick. Gerade in diesem Augenblick stand der Ahnenstern über der mittleren Stele. „Im Hintergrund liegt das Tal der Wölfe", sagte er. „Ich werde dorthin reiten und suchen."

In diesem Augenblick hatte sie Gefühl, dass die Seherin ihr zunickte. Tatsächlich berichtete ihre Tante einige Tage später, dass die Männer eine alte, verfallene Mauer aus behauenen Steinen im Wolfstal gefunden hatten. Sie war von Brombeerbüschen überwuchert, sodass sie nicht mehr zu sehen war. Nur Siguns Hartnäckigkeit bei der Suche hatte zum Erfolg geführt. Von diesem Bauwerk verliefen unterirdisch mehrere Kanäle zu den Feldern. Der König hatte alle Männer aus dem

Land herbeigerufen, damit sie unter Anleitung seiner Baumeister den Wall und die Bewässerungskanäle erneuerten.

Monde später durfte Ryana am Erntefest wieder zum Heiligtum mitgehen. Sigun opferte diesmal einen Ochsen, dankte den Sternen für den mageren Ernteertrag, bat um Regen und reichere Ernte im nächsten Jahr. Anschließend wurde im großen Saal gefeiert. Ryana hielt sich im Hintergrund, damit ihr Vater nicht auf sie aufmerksam wurde und sie wegschickte. Sie redete nur, wenn sie gefragt wurde, und bemühte sich krampfhaft, an sämtliche Tischsitten zu denken.

Als die Männer schon tüchtig tranken, setzte sich Sigun zu ihr. Iwuna war in ein Gespräch mit Surani vertieft und beachtete sie deshalb nicht.

„Ich werde an den Hof des Inselreichs geschickt, um mich dort auf meine Aufgaben vorzubereiten und Beziehungen zu knüpfen. Später soll ich auch noch in das Südreich reisen, um die Sprache und dortigen Sitten zu lernen. Ich werde jahrelang weg sein." Er griff nach ihrer Hand und drückte sie. „Es tut mir leid, dass ich dir nicht beistehen kann."

„Vielleicht lässt der König mich auch in das Südreich reisen. Schließlich stammt meine künftige Schwiegermutter von dort, da wären Kenntnisse für mich von Vorteil."

„Darauf wird unser Vater nicht eingehen."

Aber sie schaute ihn so verzweifelt an, dass er versprach, ihre Bitte dem Vater vorzutragen. „Mach dir aber nicht zu viel Hoffnung", dämpfte er ihre Erwartungen.

12. Kapitel

Natürlich lehnte Magrow ab, als Sigun vorschlug, Ryana in das Südreich zu schicken. Der König bekam sogar einen heftigen Wutanfall. „Die Idee hat dir doch deine Schwester in den Kopf gesetzt. Sämtliche dummen Ideen kommen immer von ihr. Das ist das Erbe eurer Mutter."

Sigun schluckte. Ausgerechnet Ryana, die sich inzwischen kaum traute, ihren Mund aufzumachen, sollte andere zu Dummheiten anstacheln? Und seit wann schimpfte der Vater über seine verstorbene Frau? Bisher hatte er die Mutter immer hochgelobt, hatte erwartet, dass sich alle dieser Meinung anschlossen, und war wütend geworden, wenn jemand sich auch nur missverständlich über die Verstorbene äußerte.

„Mutter war doch so liebenswert und sanft", erwiderte er.

„Myana war eine Sternschnuppe, aber in ihrer Familie liegt ein dunkler Wesenszug. Ihr Bruder war ein Verbrecher. Zum Glück wurde er früh ermordet."

Geschockt sah er seinen Vater an. „Hattet Ihr etwa Streit mit ihm?"

Magrow zog eine grässliche Grimasse und lachte böse. „Ja, aber ich habe ihn nicht getötet. Sein bester Freund ermordete ihn, nachdem er dessen Frau geschändet und das Kind erschlagen hatte."

„Der König von …"

„Der jüngste Bruder deiner Mutter", unterbrach sein Vater ihn schroff. „Nenne seinen Namen nicht, damit sein Fluch nicht über dich kommt."

Sigun zog die Schultern hoch, er fröstelte. Bisher waren die Familien seines Vaters und seiner Mutter immer gelobt worden, doch nun kamen die verheimlichten dunklen Seiten ans Tageslicht.

In der nächsten Zeit schritten die Bauarbeiten am Damm gut voran. Die unterirdischen Kanäle waren größtenteils erhalten und mussten nur wenig ausgebessert werden, sodass im Frühjahr das Wasser des Bachs und der Schneeschmelze zum See aufgestaut werden konnte. Damit war das Sternenreich in Zukunft sicher besser gegen Dürren gewappnet.

„Das hast du gut gemacht", lobte sein Vater ihn in Gegenwart seiner Getreuen, als er die Bauarbeiten besichtigte. „Ich weiß, dass du unser Haus dereinst würdig vertreten und dein Volk weise führen wirst."

Da spürte Sigun, dass er rot anlief. Dieses Lob verdiente er nicht. Aber Ryana würde womöglich Ärger bekommen, wenn er den Irrtum aufklärte. Als er später im Stall sein Pferd versorgte, traf er Osun. Sein schlechtes Gewissen zwang ihn, sich dem alten Mann anzuvertrauen.

„Eigentlich war es Ryana, die erkannte, dass sich im Wolfstal der Wasserspeicher von früher befindet. Aber Vater ist immer so böse, wenn ich sie erwähne", sagte er.

Osun nickte. „Du tust ihr keinen Gefallen, wenn du es dem König erzählst."

Dass er seiner Schwester nicht helfen konnte, stimmte ihn traurig. „Ich mache mir Sorgen, ob Ryana sich im Reich ihres zukünftigen Mannes wohlfühlen wird. Iwuna ist streng und hartherzig. Ryana leidet unter ihrer Herrschsucht. Auch unsere Großtante darf sie nur selten besuchen. Wie ist Haarun?"

„Ryana wird es gutgehen und sie wird einst sehr mächtig sein. So hat es Sapha vorhergesagt."

Das verwirrte ihn. „Vater hat etwas anderes berichtet", meinte er. „Das Reitervolk der Moore und Steppen ist doch gar nicht so mächtig." „Ich bin mir nicht sicher, ob König Magrow die Weissagung richtig verstanden hat. Ich deute sie nicht so wie er."

„Erklärt es mir!", bat Sigun.

Bedächtig schüttelte Osun den Kopf. „Das ist nicht nötig. Die Weissagungen treffen ein, egal, was wir denken oder tun."

In den folgenden Tagen war Sigun mit den letzten Vorbereitungen beschäftigt, bevor er zum Inselreich aufbrach. Mit Osuns und Mahilas Hilfe gelang es ihm, Ryana alleine beim Heiligtum zu treffen. Sie stürzte in seine Arme und klammerte sich an ihn. Inzwischen war er genauso groß wie sie. Sicher würde er sie bald überholt haben. Die honigblonden Haare seiner Schwester vermischten sich mit seinen dunklen.

„Ich habe Angst", flüsterte Ryana. „Ich will nicht allein zurückbleiben." Dabei sah sie ihren Bruder erwartungsvoll an.

Der strich ihr über die Haare. „Vater hat sich erkundigt, denn er will nicht, dass du in die Hände eines brutalen Kriegers gerätst. Haarun von Burani gilt als liebenswürdiger, intelligenter Mann. Er sorgt sich um sein Volk. Außerdem soll er gut aussehen und mutig sein."

„Das klingt so, als wäre er der perfekte Mann, fast ein Göttersohn", meinte sie misstrauisch.

Ihr Bruder lachte. „Ich werde mich an den Höfen, die ich bereise, nach ihm erkundigen. Wenn er nicht so ist, wie Vater ihn beschrieben hat, werde ich ihm sagen, dass du Haarun nicht heiraten kannst."

„Aber du bist doch nicht hier. Egal, was du herausfindest, du kannst mir nicht helfen."

„Wenn es um meine Zwillingsschwester geht, breche ich meine Reise ab und komme zurück, um sie zu retten."

Da musste sie lachen, aber gleichzeitig traten ihr Tränen in die Augen. Sie war so unendlich traurig, dass Sigun wegzog und sie allein zurückblieb.

„Auch wenn Vater hart zu uns ist, sind wir ihm trotzdem wichtig, auch du. Sonst hätte er sich nicht so ausführlich über mögliche Eheschließungen erkundigt. Für dich hat er extra den jüngsten Sohn des Fürstenhauses von Burani ausgesucht und nicht den zweitältesten, denn der hat einen ganz schlechten Ruf."

„Ist das so?", seufzte sie wenig überzeugt. „Ich kann mir nicht vorstellen, dass Geschwister so unterschiedlich sind."

„Oh doch", erwiderte Sigun. „Kannst du dich noch an diese beiden Stallburschen erinnern? Der eine war untersetzt und dunkel. Er hatte eine Sternengeduld. Sein älterer Bruder war blond, hellhäutig und schlank, aber jähzornig. Vater hat ihn nach kurzer Zeit zur Feldarbeit eingeteilt, weil er im Stall ständig Unheil anrichtete."

Ryana nickte. An diesen gewalttätigen Burschen konnte sie sich noch gut erinnern. Einmal wollte er sie schlagen; nur das beherzte Eingreifen seines jüngeren Bruders hatte es verhindert.

„Außerdem", fuhr Sigun fort, „soll Haarun eine andere Mutter haben. Die erste Frau von Fürst Birun kam bei einem Reitunfall ums Leben und er hat wieder geheiratet. Die zweite Frau gebar ihm Haarun und mehrere Töchter."

„Sind die alle so kalt und streng wie Iwuna?", fragte sie.

„Ich weiß es nicht, aber ich werde es in Erfahrung bringen. Vielleicht wollten sie diesen alten Drachen einfach loswerden", spottete er. „Das könnte ich ihnen nicht verübeln."

„Um damit gleich die Braut des Sohnes abzuschrecken?" Heftig schüttelte sie den Kopf. „Nein, sicher sind alle Buranier so."

Ihr Bruder lachte und drückte sie an sich. „Ich werde dich vermissen." Dann schaute er zum Himmel und zeigte auf den Königsstern, den hellsten Stern am Firmament. „Immer, wenn du ihn siehst, schicke ich dir Grüße. Er wacht über dich, damit dir nichts passiert."

„Und was ist mit dir?" Wie belegt ihre Stimme klang, hörte sie selbst. Sie sorgte sich um ihren Bruder. Wie häufig hatte sich ihr Vater über Saphas unbestimmte Vorhersage bei seiner Geburt aufgeregt. Klug und freundlich, hatte er gepoltert, mehr hat sie nicht vorhergesagt. Welcher große Herrscher war schon freundlich! Mächtig muss er sein, zupackend und stark.

Aber ihr Vater hatte ja recht. Alle wichtigen Fragen waren offengeblieben. Würde Sigun ein guter und erfolgreicher König werden? Würde er sein Volk lange und sicher führen? Warum hatte die Seherin dazu keine Angaben gemacht? Verheimlichte sie etwas? Gab es für Sigun vielleicht gar keine Zukunft?

„Wenn ich bloß mit dir reisen könnte", seufzte sie. „Hier hält mich nichts und nach Burani will ich auch nicht."

„Bis zu deiner Hochzeit bin ich sicher wieder daheim. So lange werde ich hoffentlich nicht in der Fremde weilen. Aber es ist wichtig, dass ich andere Länder und Sitten kennenlerne und vor allem Freundschaft mit den Herrschern schließe."

Sie blickten sich an, dann betraten sie Hand in Hand das Heiligtum. Die Ziege, die Sigun opfern wollte, zogen sie hinter sich her.

Sapha erwartete sie bereits bei den großen Stelen. Sigun trat vor. „Große Seherin, ich erbitte den Segen der Sterne für meine Reisen."

Eine Weile schaute ihn die heilige Frau schweigend an, dann wies sie auf die Opferstelle und winkte Ryana hinzu. Sie stimmte ein altes Sternenlied an. Danach forderte sie die Geschwister auf, mitzusingen. Gemeinsam sangen sie die vielen Strophen des heiligen Liedes. Anschließend hieß sie Sigun, das Tier zu schlachten. Auch dieses Mal mussten beide ihre Hände in das Blut tauchen. Lange schaute sich die Seherin die blutigen Handflächen an. Ryana fiel auf, dass sie viel ernster als sonst wirkte, während sie eine ganze Weile schwieg. Ihr wurde ganz beklommen zumute. Was war es, was die Seherin ihnen nicht erzählen wollte? Sicher nichts Gutes. Als sie zu ihrem Bruder schaute, glaubte sie, auf seinem Gesicht einen Schatten zu entdecken.

„Sei offen und geh mit einem freundlichen Herzen in die Welt hinaus! Auf deinen Reisen wirst du vieles sehen und lernen", sagte Sapha mit leiser Stimme, bevor sie ein weiteres Lied anstimmte. Dann entließ sie die Geschwister mit dem Segen: „Geht mit den Sternen!"

Schweigend liefen sie den Berg hinunter. „Was sollte das?", murmelte Sigun. Seine Stimme klang brüchig.

„Ich habe Angst. Schon seit Längerem fühle ich, dass uns eine Gefahr droht", flüsterte Ryana und spürte, wie sie vor lauter Anspannung die Schultern hochzog. Ihr Herz klopfte heftig. Er musterte sie. „Seit wann genau?"

„Seit Mutters Tod. Das Gefühl stellte sich ein, als wir im Unwetter die Seherin aufsuchten. Es ist geblieben."

„Hängt es mit Vaters Eheversprechen zusammen?", fragte er. „Du hast mir erzählt, was Osun Mahila verraten hat. Nach der Vorhersage wirst du die Stammmutter einer mächtigen Familie."

Sie zuckte mit den Achseln. „Ich weiß es nicht. Stammmutter werden heißt auch nicht unbedingt, glücklich zu sein. Es bedeutet auch nicht, viele gesunde Kinder zu bekommen. Vielleicht gibt es nur einen Sohn und der hat Kinder und Kindeskinder und …"

„… es folgen viele Generationen", beendete er den Satz und schluckte. „Stammmutter bedeutet auch nicht, alt zu

werden. Vielleicht sterbe ich schon bei der ersten Entbindung." Sie blieb stehen, blickte ihn an und griff nach seinen
Schultern. „Ich will dich unbedingt wiedersehen, wenn du
von deinen Reisen zurückkommst." „Natürlich sehen wir uns
wieder", erwiderte er und zog sie in seine Arme, um sie zu
trösten.

Kurz bevor sie das Burgtor erreichten, stieß Sigun hervor:
„Ich liebe dich und ich werde für dich tun, was mir möglich
ist. Von unterwegs schicke ich dir Nachrichten durch Boten,
damit du mich nicht ganz vergisst."

Ryana lachte. „Ich liebe dich auch und ich werde dich nie
vergessen. Wir zwei sind eins. Du bist ein Teil von mir." Seufzend umarmte sie ihn. „Die Sterne sind mit dir und behüten
dich." Dann schlüpfte sie am Torwächter vorbei und eilte in
die Frauengemächer. Sie würde Ärger bekommen, aber das
war unwichtig. Wichtig war, dass die Sterne und die Seherin
ihren Bruder gesegnet hatten.

13. Kapitel

In den ersten Monaten nach Siguns Abreise weinte Ryana sich jede Nacht in den Schlaf. Nur sehr selten durfte sie die Frauengemächer verlassen. Sie war mit langweiligen Tätigkeiten beschäftigt und hatte kaum Kontakt zu anderen Menschen. Ohne Nachrichten über ihr Land, ihren Bruder und ihren künftigen Ehemann dachte sie ständig über den Sinn des Lebens und ihre Aufgaben als Königstochter nach.

Es war eine Erlösung, als Iwuna meinte, dass es nun für Ryana an der Zeit sei, neben Südländisch die Inselsprache zu lernen. Da die alte Hofdame beide Sprachen nicht gut genug beherrschte, erhielt Ryana jetzt von einer jungen Südländerin, die einen einheimischen Händler geheiratet hatte, Unterricht. Sie kam alle drei Tage und unterwies Ryana unter Aufsicht des alten Drachen. Für das Erlernen der Inselsprache fand Iwuna einen jungen Händler, der einmal die Woche in die Burg kam. Allerdings musste Ryana während der Stunde hinter einem Vorhang sitzen. Hielt ihr Vater sie auf diese Weise unter Verschluss oder lag es an der strengen Hofdame? Mittlerweile glaubte sie nicht mehr daran, ihren goldenen Käfig jemals wieder zu verlassen. Als kleines Kind hatte sie mit ihrer Mutter in der Inselsprache gesprochen, doch sie hatte vieles verlernt. Um möglichst lange in den Genuss der Abwechslung zu kommen, verstellte sie sich und tat, als wäre ihr diese Sprache fast gänzlich fremd. Inzwischen war sie für jede kleine Anregung dankbar. Außerdem bereitete es ihr Freude, ihren Aufpassern ein Schnippchen zu schlagen. Ein paarmal gelang es ihr, den Vorhang ein wenig beiseitezuschieben, sodass sie den Mann sehen konnte. Er war vielleicht Mitte zwanzig, schlank, viel dünner als ein Krieger, hatte blonde Haare und strahlend blaue Augen. Ob ihr Verlobter nur halb so gut aussah? Die Hoffnung, ihn vor der Eheschließung kennenzulernen, hatte sie schon aufgegeben. Schließlich fing sie an, nachts von Haarun zu träumen. Oder war es der junge Lehrer? Der Mann im Traum sah jedenfalls so aus wie er.

Etwa zwei Jahre nach Siguns Abreise erhielt sie zum ersten Mal eine Nachricht von ihm. „Eurem Bruder geht es gut. Er ist schon eine Weile im Südreich und lernt fleißig die Sprache und dortigen Bräuche. Anscheinend hat er mehrmals Boten beauftragt, Euch zu benachrichtigen", erzählte ihr Zinani. Natürlich war der Händler, den er beauftragt hatte, nicht zu ihr vorgelassen worden. Der Mann war aber schlau und hatte Zinani im Burghof abgefangen.

„Ich habe nie etwas von ihm gehört." Tränen stiegen Ryana in die Augen. Sicher hatten die Boten nicht mit ihr sprechen dürfen. Sie bat Zinani, dem Händler Grüße an ihren Bruder auszurichten. „Mir geht es gut. Meinen Verlobten habe ich bisher noch nicht kennengelernt."

Inzwischen zog Iwuna die Anforderungen an. Ryana musste sämtliche Verhaltensregeln der Buranier täglich wiederholen und durfte mit der Hofdame nur noch Buranisch sprechen. Ihrer Großtante war es nicht mehr erlaubt, wie bisher die Morgenmahlzeit mit ihr einnehmen. Iwuna hatte sich bei Magrow über Mahila beschwert. Daraufhin hatte der König seine Tante im ehemaligen Witwensitz beim Burgtor untergebracht. Daher sah sie Mahila nur noch einmal in der Woche.

Als der Frühling nahte, erhielt sie unerwarteten Besuch von ihrem Vater. Seit der Abreise ihres Bruders hatte sie ihn nur zweimal gesehen.

„Dein Verlobter, Prinz Haarun, trifft in den nächsten Tagen ein. Du wirst dich angemessen verhalten und ihn freundlich behandeln. Sprich nur, wenn er dich fragt. Antworte höflich und kurz. Eine Frau hat sich nicht in politische Angelegenheiten zu mischen. Ich hoffe, er wird mit dir zufrieden sein und eure Verlobung nicht lösen." Während er sprach, musterte er sie streng.

Verständnislos starrte sie ihn an, bevor sie schüchtern nickte. Was dachte er denn? Sie hatte doch von nichts eine Ahnung und konnte sowieso nicht mitreden.

„Deine Großtante hat dir für diesen Besuch ein neues Gewand gewebt, das wirst du tragen. Du darfst an dem großen Festmahl teilnehmen und uns zum Heiligtum begleiten. Ansonsten wirst du wie üblich in den Frauengemächern bleiben."

Es hatte keinen Zweck, etwas zu sagen, er hätte ihr sowieso nicht zugehört. Also nickte sie nur.

In dieser Nacht weinte sie, bis sie vor Erschöpfung einschlief. Dabei hatte sie geglaubt, dass ihre Tränen versiegt wären.

Schon von Weitem hörte sie die Hörner, die die Ankunft der Gäste ankündigten. Bisher hatte Mahila ihr die neuen Gewänder nicht gebracht, also dauerte es wohl noch eine Weile, bis sie ihrem künftigen Gemahl vorgestellt wurde. Ob sie ihn ertragen könnte? Würde sie als Ehefrau auch wie eine Gefangene leben? Hoffentlich durfte sie ihre Hofdamen selbst aussuchen. Als Erstes würde sie Iwuna entlassen und eine fröhlichere Frau auswählen.

Um sich abzulenken, nahm sie ein Gewand, das sie mit einem schwierigen Muster gewebt hatte, zur Hand, um die vordere Kante mit kleinen Stichen zu verzieren. Dazu setzte sie sich an das Fenster, ab und zu schaute sie verstohlen in den Hof. Die Reisegruppe war nicht so groß, wie sie erwartet hatte. Anscheinend war nur ihr Zukünftiger mit ein paar Begleitern erschienen und nicht der Fürst selbst. Die kleinen, drahtigen Pferde, die sie ritten, waren bestimmt schnell und ausdauernd, anders als die größeren Tiere der Südländer.

„Neugierde ziert sich nicht für eine Prinzessin", sagte Iwuna mit scharfer Stimme.

Erschrocken zuckte sie zusammen, sodass sie sich in den Finger stach. Die Hofdame musste ins Zimmer geschlichen sein, normalerweise waren ihre Schritte gut zu hören. „Denk dran, dass du deinen Gesprächspartnern nicht ins Gesicht starren darfst. Das wird als sehr unfreundlich wahrgenommen. Eine richtige Dame spricht erst, wenn sie gefragt wird, und schaut höchstens knapp auf, um dann den Blick wieder auf den Boden zu senken."

Ryana nickte gehorsam. Dabei musste sie sich sehr beherrschen, nicht mit der Bemerkung herauszuplatzen, dass Iwuna sich selbst an ihre Regeln halten sollte. Sogar ihrer Großtante und ihrem Vater gegenüber war sie sehr unhöflich. Warum durfte diese Frau sich dermaßen viel herausnehmen? Es war so ungerecht.

Zum Glück brauchte Ryana nicht lange zu warten, denn am nächsten Morgen erschien Mahila. „Schatz, Haarun hat nach dir gefragt. Er möchte, dass du an dem Ausflug teilnimmst. Dein Vater lehnte das ab, doch Haarun blieb hartnäckig. Er möchte sehen, wie du reitest." Sie zwinkerte Ryana zu.

„Was soll ich anziehen? Ich besitze keine Reitkleidung."

Davon ließ sich Mahila nicht abschrecken, kniete sich vor Ryanas Truhe und suchte ein Kleid, das etwas weiter geschnitten war. „Das wird gehen." Sie hielt ein schlichtes Kleid hoch, dann half sie ihrer Großnichte beim Umziehen. Obwohl Ryana dem Treffen mit ihrem Bräutigam mit gemischten Gefühlen entgegensah, freute sie sich, endlich nicht nur die Frauengemächer, sondern sogar die Burg verlassen zu dürfen. Allerdings fragte sie sich, ob sie überhaupt noch reiten konnte. Schon seit Jahren hatte sie nicht mehr auf einem Pferderücken gesessen.

Vor den Frauengemächern nahm Iwuna sie in Empfang und musterte sie mit gerunzelter Stirn. „Du siehst aus wie ein Bauerntrampel."

Begleitet von den beiden Frauen schritt Ryana die Treppe hinunter. Sie war froh, wenigstens Mahila neben sich zu wissen. Das gab ihr Kraft, ihrem Verlobten zu begegnen.

Der junge Prinz lächelte sie an. „Seid gegrüßt, Prinzessin Ryana. Endlich kann ich Euch besuchen. Ich war schon sehr gespannt darauf, Euch kennenzulernen."

Sie traute sich nur, ganz kurz aufzuschauen. Was sie sah, gefiel ihr. Der Prinz war etwas kleiner und schmaler als ihr Vater, aber athletisch gebaut. Er hatte ein ebenmäßiges Gesicht, nussbraune Haut, dunkle Haare und Augen. „Dann können wir aufbrechen. Ich zeige Euch unser wunderbares Reich", erklärte der König und winkte einem Knecht, der sofort davoneilte.

Doch Haarun schien gar nicht an einem Gespräch mit ihm interessiert zu sein, er wandte sich wieder an Ryana. „Welches Glück, wir haben passendes Wetter für einen Ausflug."

Ängstlich wie sie war, antwortete sie nur einsilbig. Auch weitere Fragen erwiderte sie höflich, aber knapp und ohne erneut aufzuschauen.

Knechte führten die Reitpferde heran. Ihr Vater hatte nicht ihr ehemaliges Reitpferd satteln lassen, sondern einen ruhigen, alten Gaul, den sie kaum antreiben konnte.

Prinz Haarun schaute sich ihre Bemühungen eine Weile an. Dann bat er seinen buranischen Begleiter, mit Ryana die Pferde zu tauschen. Er selbst hielt das Pferd, damit sie aufsitzen konnte.

Dankbar lächelte sie ihm zu. „Schon lange bin ich nicht mehr geritten", gestand sie leise. Ihr war es peinlich, so hilflos zu wirken.

„Aber warum? Mögt Ihr Pferde nicht? Wart Ihr krank oder verletzt?", fragte er sofort und schaute missbilligend zu König Magrow.

„Damen reiten nicht", murmelte sie.

Haarun schüttelte nur den Kopf. Ryana ermüdete schnell, und da sie sich auf dem Pferderücken unsicher fühlte, ritt sie besonders langsam. Auch taten ihr schon nach kurzer Zeit alle Glieder weh. Es war nicht nur, weil sie seit Jahren nicht mehr geritten war, auch ansonsten fehlten ihr Spaziergänge und Körperbewegungen.

„Lasst uns absteigen", schlug Haarun vor und half ihr vom Pferd. Nebeneinander liefen sie zu den anderen, die ein Stück weitergeritten waren, bis sie bemerkten, dass Ryana und Haarun zurückblieben.

Haarun blickte ernst, als er zum König trat. „Majestät, wir sind ein Reitervolk. Unsere Frauen reiten ausgezeichnet. Ich brauche eine kräftige, belastbare Frau, die lange Zeit durchhält. Wenn die Prinzessin nicht reiten kann und schnell ermüdet, ist eine Heirat unmöglich."

Da horchte sie auf und beobachtete ihren Vater. Der schaute den Prinzen überrascht an. „Aber Hofdame Iwuna sagte, zu Pferde zu sitzen, gelte in Burani für Frauen als unschicklich."

Da lachte Haarun laut auf. „Wir sind ein Reitervolk. Was hat sie denn sonst noch erzählt? Dass Damen nicht reden und ihren Gesprächspartnern nicht ins Gesicht schauen dürfen?"

Sofort hob sie den Kopf und blickte ihn direkt an. In seinen wunderschönen braunen Augen leuchteten goldene Flecken.

„Starren ist natürlich immer unhöflich. Nur zwei Worte zur Antwort zu geben, ist allerdings genauso ungehörig und zur Begrüßung schauen wir uns in die Augen." Bei diesen Worten strahlte er sie an.

Sie lächelte zurück. Er war nett, höflich und rücksichtsvoll. Mit ihm würde sie bestimmt auskommen, stellte sie erleichtert fest.

Am folgenden Tag ritten die Männer auf die Jagd. Das Jagdglück war ihnen hold und sie machten reichlich Beute. Beim festlichen Abendmahl herrschte daher eine ausgelassene Stimmung. Ryana saß zwischen ihrem Vater und Iwuna. Haarun saß auf der anderen Seite des Königs, neben ihm hatte Surani Platz genommen. Sie schwieg und traute sich kaum, von den Speisen zu nehmen. Ein gesunder Appetit gehörte sich in den Augen ihres Anstandsdrachens nicht. Nachdem die Tafel abgedeckt worden war, traten Geschichtenerzähler und Gaukler auf. Erst spät in der Nacht verließ der letzte Künstler den großen Saal.

Da wandte sich Haarun an den König und fragte: „Beherrscht Eure Tochter ein Musikinstrument?" Als ihr Vater nickte, bat er darum, dass Ryana etwas vorspielen solle.

„Meine Tochter wird Euch gern etwas darbieten", erklärte Magrow. Sie ärgerte sich, dass sie nicht gefragt wurde. Aus Trotz entschied sie sich für ihre geliebte Lyra, statt, wie die Hofdame sicher erwartete, die fremde Flöte, deren Töne sie nicht mochte. Eine Magd brachte das Instrument.

„Was spielt Ihr für uns?", fragte der Prinz.

Einen Moment überlegte sie. Die meisten Stücke, die sie beherrschte, waren heilige Lieder. Früher hatte sie fröhliche Weisen und Kinderlieder für ihre Mutter gespielt, aber das passte alles nicht.

„Die Geschichte von Prinz Rotras und der Magd", erklärte sie. Dann begann sie zu spielen und zu singen. Es handelte sich um eine lange überlieferte Familiengeschichte. Eine Magd hatte die alte Burg, die damals noch aus Holz gebaut war, vor einer Feuersbrunst bewahrt. Zum Dank heiratete der Prinz sie. Damit war er zunächst aus der Thronfolge ausgeschieden. Doch da sein Vater, seine Brüder und Neffen von einer Seuche dahingerafft wurden, gelangte er schließlich im Greisenalter auf den Thron.

Lauter Beifall bewies ihr, dass das Lied den Zuhörern gefallen hatte. Prinz Haarun lobte ihr Lyraspiel und ihren Gesang. Voller Freude gab sie noch zwei weitere Balladen zum Besten.

Am nächsten Tag lag Ryana nach dem späten Abend noch länger als sonst im Bett. Eine Magd weckte sie. „Prinzessin, Euer Vater lässt euch ausrichten, dass Euer Verlobter Euch zu dem Ausritt erwartet."

Das überraschte sie. Schnell sprang sie hoch und kleidete sich mit Hilfe der Magd an. Sie hatte nicht erwartet, an dem Ausflug teilzunehmen. Leider hatte sie einen entsetzlichen Muskelkater und konnte sich kaum rühren. Für ein Frühstück blieb keine Zeit mehr, aber das Mädchen brachte ihr ein Stück Brot, das sie auf dem Weg hastig verschlang. Im Hof warteten ihr Vater, Prinz Haarun und drei weitere Männer. Auch Iwuna saß schon zu Pferde, was Ryana gar nicht gefiel.

„Guten Morgen, schön dass Ihr uns begleitet", grüßte Haarun. Seine Augen funkelten und er grinste, als er mit einer leichten Kopfbewegung auf Iwuna wies.

Von einem Knecht ließ Ryana sich in den Sattel helfen. Aber als sie ihr Pferd neben Haarun lenken wollte, schnitt ihr Iwuna den Weg ab. Also blieb sie artig an Iwunas Seite und staunte, wie gut die alte Dame zu Pferde saß. Später würden ihr sicher ebenfalls alle Glieder schmerzen, denn seit sie im Sternenreich weilte, war Iwuna nicht geritten. Sie trabten durch ein fruchtbares Tal, erklommen dann den Berg Sternenblick, von dem man fast das gesamte Reich ihres Vaters überblicken konnte. König Magrow erklärte ihrem Bräutigam, wo seine Ländereien aufhörten und an welche Nachbarn sie grenzten.

„Euer Herrschaftsgebiet ist groß. Da fühle ich mich sehr geehrt, dass ihr mich als Ehemann für Eure Tochter ausgewählt habt", meinte Haarun.

„Die Sterne haben es so gewünscht", erläuterte der König. „Sigun wird einst Prinzessin Iridin aus dem Südreich zur Frau nehmen."

Zweimal versuchte Ryana, ihr Pferd unauffällig an Haaruns Seite zu treiben, aber jedes Mal hintertrieb Iwuna ihre Versuche, ohne dabei etwas zu sagen. Dabei hätte sie sich zu gern mit ihrem Verlobten unterhalten, um ihn näher kennenzulernen. „Gibt es viele Waldrosen bei Euch?", fragte er sie, als es ihm gelungen war, ihrem Vater, der ununterbrochen auf ihn einredete, einmal zu entkommen.

„Nur in den Bergen, bei der Sternenburg nicht", antwortete Iwuna für sie. Wütend ballte Ryana die Hände zur Faust, öffnete sie aber schnell wieder, weil ihr Pferd sich gleich verspannte. „In Burani gibt es viel schönere Blumen", fuhr Iwuna fort. Von der anderen Seite näherte sich der König und wies Haarun auf die fruchtbare Ebene am Fluss hin.

Auch ein weiterer Versuch Haaruns, mit ihr ein Gespräch zu beginnen, war erfolglos. Doch der Prinz wusste sich zu helfen. In einem unbeobachteten Augenblick schlug er Ryanas Pferd auf die Hinterhand. Das Tier stieg überrascht, fast wäre Ryana herabgestürzt. Im letzten Augenblick konnte sie sich am Sattel festklammern. Gleich darauf stürmte das Pferd im vollen Lauf davon und Haarun ritt hinterher.

Iwuna schrie: „Ich habe es doch gesagt. Die Prinzessin darf nicht reiten, das ist viel zu gefährlich."

Nachdem die Stute sich beruhigt hatte, zügelte Ryana das Tier nicht, sondern ließ es im leichten Galopp weiterlaufen. Sie genoss den Ritt, ihre langen Haare hatten sich gelöst und wehten hinter ihr her. So frei hatte sie sich seit dem Tod ihrer Mutter nicht mehr gefühlt.

„Verzeiht mir, ich wollte nicht, dass Ihr stürzt. Aber die alte Krähe und Euer Vater verhinderten jedes Gespräch zwischen uns", sagte Haarun, als er sie eingeholt hatte und neben ihr ritt.

Sie lachte. „Ich bin leider aus der Übung. Seit drei Jahren verbietet Iwuna mir das Reiten. Und mein Vater befolgt alle ihre Anweisungen."

„Das tut mir leid. Meine Mutter hat sie wohl nicht mehr ertragen und sah eine Möglichkeit, sie loszuwerden."

„Sie quält mich und bringt mir völlig falsche Dinge bei."

Haarun schüttelte den Kopf. „Sie ist eine entfernte Verwandte. Als Kind kam sie zu uns, um einen Unterführer zu heiraten. Nachdem ihr Verlobter gestorben war, hoffte sie, dass mein Vater sie zu seiner zweiten Frau nehmen würde. Stattdessen hat er eine südländische Prinzessin, meine Mutter, erwählt. Zu mir war sie deshalb immer gehässig. Zum Glück schirmte meine Mutter mich ab und vertraute mich sehr früh unserem Rittmeister an."

Eine Weile ritten sie schweigend nebeneinander. Schließlich traute sich Ryana und fragte: „Wie kann ich herausfinden, wann sie wirklich die Bräuche Eures Landes vermittelt? Ich bin völlig verwirrt."

Statt darauf einzugehen, erwiderte er: „Wir sollten möglichst bald heiraten." Sie schaute ihn wohl so entsetzt an, dass er lachen musste. „Bin ich so hässlich und unangenehm, dass Ihr es vorzieht, weiter unter der Obhut meiner Tante zu bleiben?"

Beschämt senkte sie den Blick. „Nein, ich bin angenehm überrascht von Euch. Aber ich habe Angst vor den Pflichten einer Ehefrau. Ich bin doch noch so jung."

„Euer Vater möchte auch noch warten. Er schiebt ebenfalls Euer Alter vor."

„Das ist keine Ausrede. Meine Mutter war bei der Hochzeit sehr jung. Nach unserer Geburt war sie ständig leidend. Ihre Schwester, Prinzessin Auni vom Inselreich, wurde schon mit vierzehn verheiratet und starb ein knappes Jahr danach an einer Fehlgeburt." Beschämt senkte sie die Augen. Waren die Frauen in ihrer Familie wirklich so kraftlos?

„Hm, ich verstehe. Dann werde ich mich wohl gedulden müssen. Außerdem werde ich mit unserem Schamanen sprechen. Sicher kann er Euch helfen." Dann lachte er und meinte: „Ihr gefallt mir. Ihr seid schön, klug und fügsam. Ich denke, wir werden gut miteinander auskommen."

14. Kapitel

Nach zehn Tagen musste sich Haarun wieder auf den Heimweg machen. Am Morgen vor der Abreise wollte er mit König Magrow das Heiligtum besuchen. Im Hof versammelten sich die Berater des Königs, der alte Heerführer Osun und Dame Iwuna. Ryana und Mahila fehlten jedoch.

„Wo ist die Prinzessin?", fragte er.

König Magrow drängte zum Aufbruch. „Wir können die Seherin nicht warten lassen. Die Sterne müssen in einer bestimmten Konstellation stehen, sonst kann sie nichts vorhersagen."

„Aber es geht um die Prinzessin und um mich. Da sollte Ryana doch wohl anwesend sein!", beharrte er.

„Frauen haben dabei nichts zu suchen", erwiderte der König unwirsch.

Haarun blieb fast der Mund offen stehen, im letzten Augenblick riss er sich zusammen. „Majestät, soll die Seherin nicht unsere Zukunft vorhersagen und unsere Ehe segnen? Dabei wird Ryana doch wohl gebraucht!"

„Das spielt keine Rolle, Sapha sieht alles im Opfertier."

„Ich möchte sie dabeihaben. Eure Tochter ist mir wichtig."

Ohne ihn zu beachten, stieg Magrow auf sein Pferd.

„Und warum kommt Iwuna mit?", fügte er hinzu. „Ich möchte nicht, dass sie weiter für Ryanas Erziehung zuständig ist. Die wichtigen Dinge hat sie ihr nicht beigebracht, sie hat die Prinzessin nur verwirrt. Überlasst bitte die Erziehung Prinzessin Mahila, sie ist warmherzig und klug." Diesmal sprach Haarun energisch. Er war so verärgert, dass er sich sehr beherrschen musste, um nicht ausfallend zu werden. Der König lief rot an und griff nach seinem Messer. Schnell war der Heerführer an seiner Seite und legte den Arm auf den des Herrschers. „Es geht um Ryanas Schicksal, da sollte sie dabei sein", sagte Osun in ruhigem Ton.

Aber der König blieb stur und schüttelte seinen Kopf. Er wartete nicht mehr ab, sondern brach zum Heiligtum auf. Haarun zögerte, doch dann folgte er ihm, denn er war gespannt, was die Seherin sagen würde. Sapha stand zwischen den Stelen und erwartete die Hofgesellschaft. Schweigend ließ sie ihren Blick von einer Person zur anderen schweifen. „Heilige Frau, sag uns die Zukunft voraus und gib dem Brautpaar deinen Segen", bat Magrow.

Die Seherin musterte ihn kühl, dann fixierte sie seine Begleiter für einen Moment. Haarun hielt sich im Hintergrund. „Wo ist Eure Tochter?", fragte sie streng.

„Daheim. Der Prinzessin ziemt es nicht, außer Haus zu gehen", gab der König unfreundlich zurück. Erschrocken schaute Haarun zur Seherin. Ließ sie sich das bieten? Der Schamane in seiner Heimat würde jeden, der ihn so behandelte, verfluchen.

Sapha wies mit versteinertem Gesicht auf Iwuna und schüttelte den Kopf. „Geh! Du hast mit deinem uneinsichtigen Wesen schon viel Unglück über dieses Volk gebracht." Dann wandte sie sich wieder an den König: „Ich werde dieses Paar nicht segnen, wenn die Braut fehlt. Habt Ihr Angst vor Eurer Tochter? Vor ihrer Hellsichtigkeit? Oder flüstert diese Fremde Euch all diese unsinnigen Dinge ein? Ryana muss in die Regierungsgeschäfte eingewiesen werden. Dieses Wissen wird sie dereinst benötigen."

Dann ging alles sehr schnell. Haarun hatte keine Zeit zu reagieren, er war nur ein fassungsloser Beobachter. Wutentbrannt zückte der König sein Schwert und ging auf die Seherin los. Doch der wackere Osun schien es geahnt zu haben. Er warf sich seinem Herrn in den Weg, das Schwert traf ihn an der Schulter. Vor Schreck ließ Magrow die Waffe sinken. Ein Aufschrei fuhr durch die Anwesenden. Einige Hände griffen zu Schwertern und Messern, die Waffen wurden allerdings nicht gezogen. Haarun sprang vor, beugte sich neben Surani über den Verletzten und erkannte, dass die Blutung sofort gestillt werden musste. Kurz entschlossen zerriss er seinen kostbaren Umhang.

„Bringt ihn in meine Hütte!", befahl die Seherin. Ihr Ton duldete keine Widerrede. Der König wollte den drei Männern folgen, doch Sapha drehte sich zu ihm um. „Ihr nicht!", donnerte sie. „Kommt morgen früh zu Sonnenaufgang noch einmal her. Bringt Ryana und Mahila mit. Die Fremde bleibt in der Burg. Im heiligen Bezirk hat sie nichts zu suchen." Ohne eine Erwiderung abzuwarten, wandte sie sich um und schritt den Männern hinterher.

Als Ryana aufgeregte Stimmen hörte, schaute sie neugierig aus dem Fenster. Der Umhang, den sie für ihren Vater bestickte, fiel auf den Boden. Lebhaft gestikulierten und sprachen die heimgekehrten Männer miteinander. Weder ihren Vater noch Iwuna konnte sie in der Gruppe entdecken. Fragend schaute sie zu Mahila. Doch die zuckte nur mit den Achseln. Da stürmte die Magd ins Zimmer und berichtete ihnen mit sich überschlagender Stimme von den Geschehnissen. „Wie geht es Osun?", fragte Mahila. Sie war blass geworden. „Er ist bei der Seherin, mehr weiß ich nicht", erwiderte die Magd. Ryana verstand es nicht. Wie konnte ihr Vater so unbeherrscht sein? Früher galt er als besonnen und freundlich. Wie sehr hatte er sich seit dem Tod ihrer Mutter verändert. Selbst die heilige Frau war nicht mehr sicher vor ihm. Fast hätte er sie umgebracht. Sie fröstelte. Sicher hätten die Sterne sich an ihnen gerächt, wäre Sapha etwas passiert. Als die Magd aus dem Zimmer ging, ließ sie die Tür einen Spalt offen. Da drang Iwunas schrille, aufgeregte Stimme zu ihnen herein.

„Hoffentlich schickt dein Vater sie nach Hause", murmelte Mahila.

Ryana nickte und sah ihre Großtante an. Sie war so traurig. „Du hast auch unter ihr gelitten."

„Sie hat vor niemandem Respekt." Mahila nähte Teile eines Kleides für Ryana zusammen.

„Wenn ich den Prinzen richtig verstanden habe, wurde sie von Haaruns Mutter zu uns geschickt, damit sie in Burani niemanden mehr quälen kann", berichtete Ryana.

„Wollte sie dich mit dieser Frau prüfen?" Als Mahila aufblickte, funkelte Spott in ihren Augen.

Ryana lachte leise. „Prinz Haarun kann nichts dafür", verteidigte sie ihren Verlobten. „Vielleicht haben sie gehofft, dass Vater ihr gegenüber energischer auftritt. Würde Mutter noch leben, hätte er das auch getan."

„Ich sehe schwarz für die Zukunft unseres Volkes." Ihre Großtante klang bedrückt.

Das entsprach Ryanas Ahnungen. Sie seufzte und fragte: „Wie kommst du darauf?"

Aufmerksam schaute Mahila sich um. Doch es war wirklich niemand in der Nähe. „Manchmal habe ich Visionen. Ich sehe schwarze Vögel, die über dem Burgberg kreisen und dein Vater liegt aufgebahrt im Bett."

Ryana schluckte. „Ich sehe schon lange eine dunkle Wolke über der Burg", wisperte sie.

„Alle Seherinnen stammen seit Jahrhunderten aus Seitenlinien der Königsfamilie", fuhr Mahila leise fort. „Viele Frauen unserer Sippe verfügen über die Fähigkeit des Sehens. Prinzessinnen dürfen das Amt der Seherin jedoch nicht bekleiden. Unsere Bestimmung ist es, durch Heirat

Abkommen mit anderen Ländern zu ermöglichen. Deshalb werden unsere Fähigkeiten verheimlicht. Kein Herrscher möchte mit einer Frau, die hexen kann, verheiratet sein."

Das wusste Ryana ja bereits. Sie war nur eine Handelsware. Trotzdem tat es weh, es so deutlich zu hören. „Aber wir können doch gar nicht zaubern!", warf sie ein.

„Viele glauben, dass die Seherinnen auch diese Kunst beherrschen."

Den ganzen restlichen Nachmittag verbrachte sie mit ihrer Tante bei Stickarbeiten. Immer wieder spähten sie hinaus in den Innenhof und lauschten nach draußen.

Als Haarun und Surani durch das Tor zum Innenhof traten, dämmerte es bereits. Hoffentlich brachte die Magd bald Neuigkeiten. Beide Frauen beteten, dass der alte Heerführer nicht schwerverletzt war. Gespannt beobachteten sie, was unten vor sich ging. Haarun blieb vor dem Gebäude stehen, rief einen Getreuen zu sich und sprach auf ihn ein. Einen Augenblick später eilte der Mann zu den Ställen, während der Prinz Richtung Saal lief. Kurz darauf sahen sie, dass der Getreue die Burg verließ und im gestreckten Galopp davon-ritt.

„Das scheint wichtig zu sein", flüsterte Mahila.

„Ob er die Verlobung lösen wird?", sorgte sich Ryana.

Ihre Großtante schüttelte den Kopf. „Nein, die Verbindung ist für die Burianer viel günstiger als für uns. Anscheinend mag er dich auch und …" Mahila brach ab, als sie jemanden auf der Treppe hörten, und nahm ihre Handarbeit wieder auf. Auch Ryana stichelte sofort los.

„So ein ungehobelter Kerl. Ich wusste ja gleich, dass diese zweite Ehe unseres Fürsten ein Irrtum war. Wie konnte er bloß eine einfache Frau heiraten", regte sich Iwuna auf, noch ehe sie den Raum betreten hatte.

Ryana und Mahila arbeiteten schweigend weiter. „Du sollst morgen mit zum Heiligtum kommen", teilte sie Ryana in unhöflichem Ton mit. „Ich weiß nicht, wozu das gut sein soll. Dieser ganze Hokuspokus ist doch sowieso Blödsinn."

Ryana biss sich so kräftig auf ihre Lippe, das sie blutete. Wie konnte diese überhebliche Frau auf so herablassende Art über ihr Heiligstes sprechen? Die Sterne würden sie bestrafen.

„Sobald meine Großnichte in Burani eintrifft, wird sicher der Schamane befragt", sagte Mahila sanft.

„Natürlich. Es ist wichtig, die Geister freundlich zu stimmen, damit sie das junge Paar behüten und für Nachwuchs sorgen."

Kurz schaute Ryana zu ihrer Großtante auf. Die zwinkerte ihr belustigt zu, senkte aber sofort wieder den Blick.

„Der König hat gezeigt, wie wenig er von eurer Seherin hält. Warum sich dieser dumme alte Mann dazwischen gestellt hat, kann ich nicht verstehen." Dame Iwuna hatte vor Aufregung einen roten Kopf bekommen.

„Der Held der Schlacht vom grünen Fluss", murmelte Mahila.

„Wie bitte?"

„Der edle Anführer Osun wird bei uns sehr verehrt, weil er unser Heer vor vielen Jahren in der siegreichen Schlacht am grünen Fluss befehligte", erklärte Mahila. „Sein Tod würde zu Unruhen im Volk führen."

„Er ist doch schon so alt, da wäre sein Tod ganz normal", erwiderte Iwuna kalt.

Ryana erschrak. Hatte sie sich verhört?

„Das gilt nicht für einen Mord!", entgegnete Mahila scharf. „Und der Mörder der Seherin würde vom Volk gerächt werden, selbst wenn es sich um den König handelte. Die Seherin ist heilig. Sie vermag Unheil vorherzusagen und ihr gewaltsamer Tod würde Unglück über uns bringen."

„Hat sie für den König irgendetwas Bedeutendes vorher-gesagt?", fragte Iwuna spöttisch und lachte dabei.

Mahila nickte. „Ja, leider hat mein Neffe es nicht richtig begriffen und sich nicht an die Vorhersage gehalten. Seitdem geht es uns schlecht. Wir hoffen, dass der Thronfolger Sigun und Prinzessin Ryana klüger herrschen."

„Ryana ist nur eine Frau. Sie wird Haarun heiraten und hier nichts mehr zu sagen haben." Die Hofdame rümpfte die Nase.

Obwohl Ryana in den letzten Jahren sanftmütiger geworden war, hätte sie dieser Frau am liebsten eine Ohrfeige verpasst.

„Sollte Sigun etwas zustoßen, bevor er einen Sohn gezeugt hat, wäre Ryana die Thronfolgerin. Dann würde sie zurück-kommen und herrschen. Deshalb ist es auch von Vorteil, dass Prinz Haarun in der Thronfolge so weit hinten steht", erklärte Mahila gelassen und nähte in aller Ruhe an dem Oberkleid.

Ryana hielt mit ihrer Arbeit inne, zwang sich aber, die Augen weiterhin gesenkt zu halten. Wollte ihr Vater sie des-halb mit einem nachrangigen Prinzen eines weniger bedeu-tenden Reiches verheiraten? Sie traute es ihm zu.

Ihre Großtante weckte Ryana am nächsten Tag, noch bevor die Sonne aufging und die Vögel sangen. „Steh auf. Du musst zum Heiligtum."

„Vater hat mir nicht Bescheid gegeben", murmelte sie ver-schlafen und rieb sich die Augen.

„Darum wirst du dich heimlich aus der Burg schleichen. Der Karren des Bauern Hulin steht vor dem Schuppen. Er will aufbrechen, sobald das Tor geöffnet wird. Versteck dich unter seinen Säcken! Am Flussufer springst du aus dem Wagen und läufst zum Heiligtum. Wenn du dich beeilst, erreichst du es vor den Reitern. Tritt erst aus deinem Versteck, wenn die Seherin nach dir fragt."

„Mein Vater wird wütend sein, wenn ich im Heiligtum auftauche."

Missmutig runzelte Mahila die Stirn. „Sei mutig! Sapha wird dich schützen. Gestern hat sie ausdrücklich nach dir verlangt."

Daraufhin zog Ryana sich ihr Gewand und ihre Sandalen an, dann huschte sie aus dem Zimmer. Im Saal schaute sie sich um, aber er war leer. Nur in der Küche wurde schon hantiert. Schnell lief sie durch den Raum, lugte vorsichtig in den Hof. Niemand beobachtete sie, alle ruhten noch. Also eilte sie hinaus. Neben den Ställen stand Hulins alter Karren. Wieder suchte sie ihre Umgebung mit den Augen ab, bevor sie unter die Säcke schlüpfte. Eine Weile, die ihr wie eine Ewigkeit vorkam, musste sie warten. Der Staub reizte sie, mühsam unterdrückte sie den Husten. Endlich wurden die Esel eingespannt und das Gefährt setzte sich in Bewegung.

Ungeduldig lupfte Ryana viel zu früh die Säcke. Zum Glück saß Hulin wie jeden Morgen zusammengesunken an der Deichsel. Die Tiere kannten ihren Weg. Als sie die Büsche am Fluss erreichten, ließ sie sich hinuntergleiten und huschte in Deckung. Alles blieb ruhig. Die Wächter am Burgtor hatten offensichtlich nichts bemerkt. Erleichtert atmete sie auf. Endlich war sie wieder einmal im Freien. Sie konnte die Vögel beobachten, zusehen, wie der Wind über Zweige und Gräser strich und die Blumen riechen. Zu lange war sie eingesperrt gewesen. Die zwei Ausritte mit Haarun hatten ihren Hunger nach Freiheit eher verstärkt als gestillt. Fröhlich lief sie den Berg hinauf, aber schon bald wurde sie langsamer. Sie hatte überhaupt keine Ausdauer mehr. Außer Atem von der ungewohnten Anstrengung erreichte sie schließlich das Heiligtum und schaute sich suchend um. Fast bis zur Hütte der Seherin musste sie laufen, um sich hinter einem der kleineren aufrecht stehenden Steine verstecken zu können. Kaum hatte sie sich geduckt, da hörte sie die Stimmen der herannahenden Männer. Nacheinander betraten sie den äußeren Steinkreis, nur der König ging mit Haarun zusammen in den inneren Kreis. Mit gemischten Gefühlen erwartete sie in ihrem Versteck das Erscheinen der Seherin. Schon lange fragte sie sich, woher Sapha jedes Mal wusste, dass Ratsuchende sich im Heiligtum aufhielten, denn von ihrem Häuschen aus konnte sie die Steinkreise nicht einsehen.

Mit erhobenem Haupt erschien die Seherin. Ihre Haltung war gerader, als ihr Alter es erwarten ließ. Erst sah sie den König streng an, dann Prinz Haarun. „König Magrow, wo ist Eure Tochter?"

„Weiber haben hier nichts zu suchen!", erklärte der König halsstarrig.

„Seit Jahrhunderten fragen sowohl Männer als auch Frauen bei der Seherin um Rat und bitten um den Segen der Sterne. Vor vielen Jahren habt Ihr selbst hier mit Prinzessin Myana gestanden und um den Beistand der Sternengötter gebeten."

„Und was hat es uns gebracht? Sie ist gestorben", stieß der König hasserfüllt hervor.

Erschrocken schaute Haarun ihn an und trat einen kleinen Schritt von ihm weg.

„Außerdem war es eine Woche vor unserer Hochzeit, als wir den Segen erbaten", fuhr der König etwas ruhiger fort.

„Seid nicht undankbar! Ihr habt zwei gesunde, kluge Kinder. Jetzt ist der Verlobte von Prinzessin Ryana hier und die Brautleute wünschen sich den Segen der Sterne."

Haarun zuckte unglücklich die Schultern. Vor dem Aufbruch hatte er noch einmal höflich darum gebeten, Ryana mitzunehmen, doch Magrow war uneinsichtig gewesen. Am Hof hatte es daraufhin Streit zwischen den Ältesten des Sternenreichs und dem König gegeben. Deshalb hatte Haarun sich etwas abgesondert und hielt sich nun zurück. Nach dem Tadel drehte sich die Seherin um und wollte gehen. „Was ist mit der Prophezeiung und dem Segen?", rief der König entrüstet. Sein Gesicht war rot angelaufen und die Adern traten hervor.

„Ohne Ryana kann ich nichts tun", erwiderte Sapha im Gehen.

„Sollen wir morgen wiederkommen?", fragte Haarun.

„Dann stehen die Sterne nicht mehr richtig", erklärte Sapha gelassen.

Bevor die Seherin den Steinkreis verlassen hatte, trat Ryana aus ihrem Versteck hervor. „Heilige Frau, ich bin hier", sagte sie leise. Sofort wandte Sapha sich ihr zu. „Ich wusste, dass du die Fähigkeit besitzt."

Aus dem Augenwinkel beobachtete Ryana, dass ihr Vater die Zähne zusammenbiss und wieder rot anlief, während Haarun sie anlächelte. Sogleich fühlte sie sich ermutigt.

Dann drehte sich Sapha zu Haarun um und fragte: „Habt Ihr ein Opfer mitgebracht?"

Der Prinz nickte. Auf einen Wink von ihm brachte sein Begleiter einen Ochsen. Die Seherin deutete auf die Opfermulde. Die beiden Männer zogen das Tier dorthin. Ryana folgte ihnen und stellte sich an die Seite ihres Verlobten.

Auf ein Handzeichen von Sapha schnitt Haarun dem Tier die Kehle durch, dann öffnete er den Bauchraum. Unbewegt stand sie daneben, während sich die Seherin über die Eingeweide beugte und sie genau betrachtete.

„Ihr passt sehr gut zusammen", murmelte Sapha. Dann hob sie den Kopf. „Mächtige Anführer, die Sterne bürden Euch Schweres auf. Sie verlangen große Opfer von Euch." Sapha blickte Magrow scharf an. „Die Hochzeit darf nicht vor dem Jahr der Krötenwanderung stattfinden."

„Aber das ist erst in sieben Jahren", widersprach der König. „Denkt an Eure Gemahlin. Ryana ist noch sehr jung. Sie muss kräftig genug sein, denn sie wird viele Kinder bekommen und den Fortbestand des Geschlechts sichern."

In diesem Moment lief Ryana ein Schauer über den Rücken. So deutlich wurde die Seherin normalerweise nicht. Mit dem Segen der Sterne entließ Sapha die Brautleute. Schweigend gingen sie nebeneinander den Berg hinunter. Als sie fast das Burgtor erreicht hatten, sagte Haarun: „Ich werde mich gedulden. Ich verstehe die Sorge um Euer Wohlbefinden. Ihr seid noch sehr jung und zart. Das Schicksal Eurer Mutter darf sich nicht wiederholen." Dann lächelte er und zwinkerte ihr zu. „Aber ich werde Euch ab und zu besuchen. Für einen Buranier ist der Ritt nicht weit. Wir werden uns besser kennenlernen. Dann ist es für uns einfacher zueinanderzufinden."

Vor Glück wurde ihr ganz warm, voller Freude strahlte sie ihn an. „Ich danke Euch. Die Prophezeiung klang so, als ob wir erst noch Prüfungen auferlegt bekommen, bevor wir heiraten können. Hoffentlich bestehen wir sie."

„Ich bin froh, dass unsere Väter uns füreinander bestimmt haben." Er lächelte sie herzlich an.

„Auf so eine glückliche Wahl hatte ich nicht zu hoffen gewagt", erwiderte sie so leise, dass nur Haarun es hören konnte.

Am Abend erlaubte der König, seiner Tante und seiner Tochter am Festmahl zum Abschied des Prinzen teilzunehmen. Als Haarun darum bat, dass Ryana wieder Lieder spielen sollte, brachte eine Magd die Flöte der Hofdame herbei, ohne dass Ryana ihr eine Anweisung gegeben hatte.

Haarun verzog schmerzlich das Gesicht. „Ist das ein einheimisches Instrument?", fragte er den König.

Der schüttelte den Kopf. „Ich kenne es nicht. Es muss von Eurer Dame Iwuna stammen."

Sofort stand Haarun auf, entwand Ryana das Instrument und warf es ins Feuer. „Damit musizieren Spielleute bei Trauerfeiern. Niemals, liebe Prinzessin, sollt Ihr darauf spielen." Dann funkelte er Iwuna an. „Du hast hier schon genug Unheil angerichtet. Morgen kommst du mit mir zurück nach Hause. Vater hat einen Platz für dich gefunden, an dem du kein Verderben mehr anrichten kannst."

Daraufhin wechselte Ryana mit Mahila einen überraschten Blick. Schließlich gab sie der Magd mit einer Handbewegung die Anweisung, ihre Lyra zu holen. Die Stimmung an der Tafel war angespannt, keiner wagte zu sprechen. Trotzdem nahm sie das Instrument in die Hand und begann zu spielen, erst leise, dann lauter. Auf einige heilige Lieder der Seherin folgten Balladen der großen Helden des Sternenreichs. Als sie genug Mut gesammelt hatte, sang sie dazu. Nach zwei Weisen fiel Mahila mit ein. Später am Abend ließ sich sogar Haarun herab, einige Sagen aus seiner Heimat zu erzählen. Viel zu schnell endeten die schönen Stunden, denn die Besucher mussten am nächsten Tag früh aufbrechen.

Als sie ins Bett gingen, sahen sie, dass die Mägde bereits das Gepäck der Hofdame in den Burghof gebracht hatten, damit die Knechte am nächsten Morgen die Pferde beladen konnten.

Noch vor Sonnenaufgang verabschiedete sich Haarun von Ryana. „Ich besuche Euch, das verspreche ich", sagte er und strich ihr über den Kopf. „Ich freue mich auf unsere Hochzeit. Wir werden eine glückliche Ehe führen."

Traurig sah sie ihrem Verlobten und seinen Begleitern hinterher. Er hatte Licht und Fröhlichkeit in ihr Leben gebracht und Zuversicht für die Zukunft geschenkt, obwohl sie noch immer die dunkle Wolke über der Burg spürte. Besonders dankbar und glücklich war sie, weil er sie endlich von der schrecklichen Iwuna befreit hatte.

15. Kapitel

In den nächsten Monden änderte sich einiges in Ryanas Leben. Noch immer verbrachte sie die meiste Zeit in den Frauengemächern mit Weben, Sticken und Lyraspielen. Doch nun durfte sie regelmäßig mit ihrer Tante und zwei Knechten ausreiten. Mahila übernahm wieder ihre Erziehung, dazu gehörte vor allem die Unterweisung in Haushaltsführung. Sie vermutete allerdings, dass der Hof von Prinz Haarun kleiner und ungewöhnlicher sein würde als die Sternenburg. Vielleicht ahnte ihre Großtante, dass ihre Zukunft etwas anderes für sie bereithielt, als das, was sie selbst erwartete. Ab und zu durfte sie bei Gastmahlen im großen Saal mit Besuchern aus fernen Ländern speisen. Das waren besondere Erlebnisse, von denen sie lange zehrte. Die Gäste berichteten von ihrem Leben; Märchenerzähler, Musiker und Gaukler unterhielten die Gesellschaft. Beim Handarbeiten sprach Ryana noch lange mit ihrer Großtante darüber.

Unterdessen weilte Sigun im Südreich. Sein Besuch im Inselreich hatte nur kurz gewährt. Ihr Onkel war nicht glücklich gewesen, seinen Neffen bewirten zu müssen und hatte ihn möglichst schnell abgeschoben. Ab und zu überbrachten Boten Grüße. Siguns Braut, Prinzessin Iridin, obwohl ein paar Jahre älter als er, schien ihm zu gefallen. Der Bote beschrieb ihre Schönheit und große Herzensgüte.

Der König war begeistert, mit beiden Verlobten so eine gute Wahl getroffen zu haben. Doch Ryana spürte, dass Sigun nicht so glücklich war, wie der Bote vorgab. Ihr Bruder konnte natürlich unmöglich einem Boten des Königs des Südreichs anvertrauen, dass er die Prinzessin nicht mochte und befürchtete, mit ihr unglücklich zu werden.

Eines Abends - Ryana wollte sich schon hinlegen - hörte sie Pferdehufe und aufgeregte Stimmen im Burghof. Wer wurde zu so später Stunde noch hereingelassen? Neugierig eilte sie zum Fenster und schaute hinaus. Leider war es zu dunkel und sie konnte die Besucher nicht erkennen. Doch dann vernahm sie die Stimme ihres Bruders.

„Sigun", stieß sie hervor und lief zur Treppe, bevor Mahila sie aufhalten konnte.

„Ryana, bleib!", rief Mahila ihr hinterher, doch sie beachtete es nicht. Sigun war zurück! Sie freute sich und wollte ihren Bruder unbedingt sofort sehen.

Im großen Saal eilten Knechte und Reisende hin und her. Der König trat aus seinem Gemach, Surani und Osun an seiner Seite. Ryana flog durch den Raum und fiel ihrem Bruder um den Hals. Sie musste zu ihm hochlangen. War er am Tag seiner Abreise genau so groß wie sie gewesen, über- ragte er sie inzwischen. Seine Schultern waren mittlerweile fast so breit wie die eines Kriegers.

„Schwester, wie gut, dich wiederzusehen!" Sigun drückte sie an sich, hob sie hoch und wirbelte sie herum. Erst als er den verärgerten Blick seines Vaters spürte, setzte er sie ab, küsste sie auf den Scheitel und schob sie von sich fort. „Wir haben sicher morgen Zeit, uns zu unterhalten. Heute muss ich Wichtiges mit dem König besprechen."

Sie sah, wie erschöpft ihr Bruder war, erkannte den Ernst in seiner Stimme und nickte. „Verzeih mir! Die Freude, dich zu sehen, war zu groß, um länger zu warten." Dann drehte sie sich zu ihrem Vater um und entschuldigte sich, bevor sie leichtfüßig die Treppe hocheilte. Oben schloss sie laut die Tür. Gleich darauf öffnete ihre Tante sie wieder, aber leise.

Mahila legte den Finger auf die Lippen. Gespannt lauschten die beiden Frauen Siguns Worten.

„Aus dem Südwesten dringen wilde Reiterhorden in die Nachbarreiche ein. Im Land des Sonnenuntergangs haben sie schon viele Befestigungsanlagen erobert. Bald werden sie in das Südreich vorrücken und uns anschließend überfallen. Ihre gedrungenen, drahtigen Pferde sind schnell. Sie reiten Tag und Nacht, nicht einmal zum Essen steigen sie ab. Ihre Bogenschützen treffen aus vollstem Galopp kleinste Ziele."

„Das kann nicht sein, der Prinz übertreibt. Er hat noch keine Schlacht mitgemacht", erklärte einer der Ältesten.

„Von den buranischen Reitern wurde früher Ähnliches berichtet, auch damals hat es niemand geglaubt", verteidigte Surani den jungen Prinzen.

„Ihr glaubt den Erzählungen?", fragte ein Krieger mit einer Narbe über den Augen.

„Ja, ich glaube es. Jede Kriegswarnung nehme ich ernst", erwiderte Surani.

„Ich war gerade auf dem Weg zum Reich des Sonnenuntergangs, um dem König einen Besuch abzustatten und vor meiner Rückkehr nach Hause eine Zeitlang an seinem Hof zu verweilen. Da trafen wir auf Boten aus dem Reich des Sonnenuntergangs, die uns berichteten. Der König hat bereits das Südreich um Beistand gebeten. Vermutlich wird er auch Boten zu uns schicken."

Leider fielen sich die Sprecher danach gegenseitig ins Wort. In dem Stimmenwirrwarr konnten Ryana und ihre Großtante nichts mehr verstehen. Lautlos schloss Mahila die Tür.

„Bedeutet das Krieg?", fragte Ryana besorgt. Auf einmal bekam ihre Vision der dunklen Wolke eine Bedeutung.

„Das befürchte ich. König Magrow wird sich einer Bitte um Hilfe nicht verweigern können, denn vielleicht braucht er demnächst selbst Beistand", erwiderte Mahila. Als sie Ryanas bedrückte Stimmung bemerkte, nahm sie ihre Großnichte in die Arme und strich ihr über den Kopf. „Es wird sich schließlich alles zum Guten wenden", meinte sie tröstend.

Seufzend schmiegte sie sich an Mahila. Wie sehr hatte sie in den letzten Jahren Umarmungen und tröstende Worte vermisst. Wie sehr hatte Hofdame Iwuna ihr das Leben vergällt.

Stundenlang berieten die Männer sich. Der Morgen graute schon, als mehrere Boten eilig fortritten. Und in der Burg wurde es still.

Ryana wachte von Stimmen und Hufgeklapper im Burghof auf. Müde rieb sie sich die Augen. Dann fiel ihr ein, dass Sigun am gestrigen Abend mit schlechten Nachrichten eingetroffen war. Schnell sprang sie aus dem Bett und schaute aus dem Fenster. Auf der Wiese am Fuße des Burgbergs lagerte eine größere Anzahl Krieger. Osun sprach mit ihnen und erteilte Anweisungen.

Im Burghof übten junge Krieger sich im Gebrauch von bronzenen Schwertern und Lanzen, am Flussufer schossen Bogenschützen auf Strohsäcke. Aus der Schmiede hallten Hammerschläge.

„Der Schmied und seine Gehilfen werden in den nächsten Tagen viel zu tun haben", meinte Mahila, die zu ihr ans Fenster getreten war und auch hinausschaute.

„Wird Heerführer Osun die Krieger anführen?", fragte sie.

„Nein, er ist zu alt. Sicher wird er hierbleiben und junge Männer in Kampftechniken ausbilden, damit sie sich wehren können."

„Zur Verteidigung der Burg!", murmelte Ryana. Um die Sicherheit der väterlichen Burg hatte sie sich noch nie Sorgen gemacht. Schon seit Jahrhunderten stand sie unangreifbar auf dem Berg. Im Laufe der Zeit war sie verstärkt und ausgebaut worden. Hoch ragte die Sternenburg auf dem Felsen über dem Tal des Flusses. Das Felsmassiv war so steil, dass nur auf der Nordseite ein Aufstieg möglich war. Oben hatten ihre Vorfahren den Berg abgetragen, sodass ein Plateau entstanden war, auf dem die Burg thronte. Große Steinquader, die beim Begradigen des Plateaus aus dem Felsen geschlagen worden waren, bildeten eine feste Mauer und vor dem Tor auf der Nordseite befand sich ein tiefer Graben, über den nur eine hölzerne Brücke führte. Auf dem großen Plateau standen mehrere Holzhäuser. Nur das Hauptgebäude, in dem die Königsfamilie wohnte, war aus Stein gebaut. Im Notfall flüchteten die Bewohner der umliegenden Dörfer mitsamt ihrem Vieh hierher. Auch gab es genug Platz für einen Küchengarten, der in ruhigen Zeiten alle ernähren konnte.

Ryana beeilte sich, ihr Gewand anzulegen, und lief in den Saal. Die Männer saßen an der Tafel und waren schon fast fertig mit dem Essen. Sie schaute sich nach Sigun um. Der hatte am Kopfende neben dem König Platz genommen. Rasch lief sie zu ihnen, ihr angestammter Platz war in der Nähe ihres Vaters. Trotzdem schaute er sie verärgert an. „Wir führen wichtige Gespräche, die dich nichts angehen", wies er sie ab.

„Bitte, Vater, sicher reitet ihr bald fort und dann sehe ich Sigun lange Zeit nicht mehr. Gönnt mir doch ein Gespräch mit ihm."

Da auch Sigun ihn bittend anblickte, konnte er seinen Kindern diesen Wunsch wohl nicht verwehren. Allerdings wies er Mahila, die Ryana gefolgt war, zurecht, weil sie ihre Großnichte zu sehr verzog. Da biss Ryana die Zähne zusammen. In den letzten Jahren mit Hofdame Iwuna hatte sie gelernt, ihre Meinung zurückzuhalten. Es brachte nur Ärger ein, wenn sie sich äußerte. Sie war nur eine Frau und hatte ihrem Vater und später ihrem Mann zu gehorchen. Ihre Hauptaufgabe würde darin bestehen, Kinder zu gebären, um den Fortbestand der Familie zu sichern. Ihre Meinung interessierte niemanden, genauso wenig wie ihre Vorahnungen. Dazu gesellte sich noch ihre Veranlagung, es allen recht machen zu wollen. Stets war sie bemüht gewesen, erst ihren Eltern, dann ihrem Vater und später Iwuna gefällig zu sein.

Nur weil sie sich so sehr nach einem Gespräch mit dem Bruder sehnte, überwand sie ihre Angst und setzte sich neben ihn, statt wie üblich auf die Frauenseite des Saals. Leise unterhielten sie sich. Sigun hatte viel auf den Reisen erlebt und gelernt. Aber er hatte auch immer wieder unter Heimweh gelitten, noch verstärkt dadurch, dass er seine Muttersprache nicht sprechen konnte. Niemand am Hofe von König Irus im Südreich beherrschte sie. Nicht einmal Iridin hatte sich die Mühe gemacht, seine Sprache zu erlernen.

„Wie ist Prinzessin Iridin?", fragte Ryana neugierig. Sigun zuckte die Schultern. „Hübsch", sagte er. Es wirkte lustlos. „Ist das alles?", bohrte sie weiter.

„Mehr gibt es nicht zu sagen. Wir haben wenig Gemeinsamkeiten."

Da senkte sie traurig den Kopf, anscheinend hatte ihr Vater doch keine so gute Wahl getroffen. Trotzdem fragte sie weiter. „Komm, sag schon! Wie sieht sie aus?" So schnell würde sie sich nicht geschlagen geben.

„Sie ist üppig. Ihre Haut ist zart und rosa, fast weiß. Sie hat leuchtend grüne Augen und rotes Haar. So sehen viele Südländer aus."

„Üppig!" Sie verkniff sich ein Lachen. „So habe ich es noch nie gehört. Sehr üppig?"

Sigun nickte gequält.

„Und ihre Eltern?", hakte sie nach.

„König Irus ist streng. Es gibt viele Hinrichtungen im Südreich", raunte Sigun ihr zu, nachdem er sich umgeschaut hatte, ob jemand ihr Gespräch belauschte.

„Was genau hast du dort gelernt?"

„Kämpfen. Die wichtigsten Kampftechniken. Bogenschießen, Schwert- und Axtkampf."

Das konnte doch nicht alles sein. „Tanzen und singen?", fragte sie eindringlich. Warum erzählte Sigun nicht bereitwilliger von seinen Erlebnissen?

Da lachte ihr Bruder. „Nein, am Abend unterhalten sich die Männer in der großen Halle oder draußen am Lagerfeuer. Dabei wird viel getrunken. Die Frauen weben und sticken in ihren Räumen."

„Dann ist es wie bei uns", meinte sie zutiefst niedergeschlagen.

„Nein", widersprach er. „Bei uns saß Mutter häufig mit im Saal und ließ sich von den Sängern und Märchenerzählern unterhalten."

Ihr schossen Tränen in die Augen. Das hatte sie ganz vergessen. In diesem Moment wurde ihr noch einmal deutlich bewusst, dass ihr Vater sie in den letzten Jahren wirklich wie eine Gefangene gehalten hatte. Das war bei ihrer Mutter früher ganz anders gewesen.

„An deiner Lage hat sich nichts verbessert?", fragte Sigun, als er ihre Tränen sah. „Ich dachte, Vater wäre so streng zu dir, weil wir damals heimlich zur Seherin gegangen sind."

„Nachdem du weg warst, wurde es noch schlimmer. Hofdame Iwuna war eine Hexe. Sie hat alles getan, um Mahila und mir das Leben schwer zu machen. Wäre Iwuna noch hier, dürfte ich heute nicht im Saal bei dir sitzen. Erst seit Haarun uns besucht und Iwuna dann mitgenommen hat, ist es ein bisschen besser." Sie lächelte in der Erinnerung an jene Tage mit ihrem Verlobten. „Er erklärte Vater, dass er mich nicht heiraten würde, wenn ich nicht kräftiger wäre und nicht reiten könnte. Seitdem darf ich jeden Tag ausreiten."

Er legte seine Hand auf Ryanas und drückte sie. „Sobald ich wieder ständig hier in der Burg bin, wird es besser für dich werden. Aber jetzt müssen wir erst einmal die Angreifer gemeinsam zurückschlagen."

„Reist ihr bald ab?" Ängstlich schaute sie ihn an.

„Übermorgen soll die erste Gruppe aufbrechen. Da reite ich mit, weil ich König Irus kenne. Vater möchte, dass wir uns absprechen, um gemeinsam loszuschlagen."

Angst schnürte ihr die Luft ab. Vor Verzweiflung traten Tränen in ihre Augen und liefen dann in Strömen über ihre Wangen. „Wir haben uns so lange nicht gesehen und schon musst du wieder fort."

„Der Krieg wird nicht lange dauern, wir werden die Feinde bald besiegen", tröstete er sie. „Morgen findet ein großes Opferfest im Heiligtum statt. Alle werden mitkommen und um unseren Sieg bitten."

Erstaunt schüttelte sie den Kopf. „Mahila und ich wissen von nichts. Wann brecht ihr auf?"

„Vor Tagesanbruch. Das Opfer soll pünktlich zum Sonnenaufgang dargebracht werden."

„Warum sagt Vater uns nichts?", hauchte Ryana.

„Vielleicht will die Seherin euch nicht dabeihaben?", vermutete Sigun.

„Als Haarun bei uns war, hat Sapha Vater zweimal weggeschickt, weil er mich nicht mitgenommen hatte", erwiderte sie leise.

Ungläubig schüttelte er den Kopf, sie nickte heftig.

„Hoffentlich verzeihen die Sterne es ihm", murmelte er mit ernstem Gesichtsausdruck.

Am nächsten Morgen weckte Sigun Ryana und Mahila. „Wir brechen gleich zum Heiligtum auf", rief er, noch in der Tür stehend. Dann lief er die Treppe wieder hinunter.

Rasch sprang Ryana aus dem Bett. Sie wollte keine Minute mit ihrem Bruder verpassen. Außerdem war der Besuch des

Heiligtums wichtig. Sie wollte die Sterne anflehen, auf Sigun, ihren Vater, aber auch auf das Sternenreich achtzugeben. Auch Mahila stand auf. Am Abend hatte Ryana ihre Großtante gebeten, sie zum Heiligtum zu begleiten. Schnell warfen sie sich ihre Obergewänder über, schlüpften in die Sandalen und eilten den Männern in angemessenem Abstand hinterher, denn sie wollten dem König erst am Heiligtum begegnen. In Gegenwart der Seherin würde er sie bestimmt nicht zurückschicken. Sigun schien zu fühlen, dass seine Zwillingsschwester in der Nähe war. Er blieb stehen, sprach ein paar Worte mit Osun und wartete dann auf die Frauen, um sich Ryana anzuschließen.

„Du weißt, dass es früher schon Herrscherinnen im Sternenreich gegeben hat?", begann er das Gespräch.

Überrascht schüttelte sie den Kopf. „Aber so ist es", fuhr Sigun fort. „Der alte Surani hat es mir vor Jahren erzählt. Eine Königin regierte, nachdem ihr Mann an einer Seuche gestorben war. Ihr Sohn war noch viel zu klein, um den Regierungsgeschäften nachzugehen. Sie führte zwei erfolgreiche Kriege und das Land blühte auf. Es gab genug zu essen und die Heiler konnten Krankheiten behandeln, bei denen wir heute keine Hoffnung mehr haben. Ein anderer König hatte keinen Sohn und als er starb, übernahm seine Tochter für viele Jahre sein Amt. Sie heiratete. Doch der Rat und die Seherin verliehen dem Fremden nicht die Königswürde. Erst ihr Sohn wurde später König."

„Warum erzählst du mir das?", fragte sie besorgt. Unruhig flackerte ihr Blick über die Gegend, hielt einen Augenblick inne bei der Sternenburg, um dann länger bei den Stelen des Heiligtums zu verweilen.

„Es kann sein, dass wir gerade dann im Feld sind, wenn Entscheidungen zu treffen sind. Dann musst du entschlossen handeln."

„Das kann ich nicht. Außer Weben und Sticken habe ich doch nichts gelernt."

„Du bist klug", erwiderte er lachend. „Und du hast Berater an deiner Seite."

Inzwischen hatten sie sich dem Heiligtum genähert. Ungeduldig erwartete der König seinen Kronprinzen am Eingang des Steinkreises. Als er sah, dass Ryana und Mahila bei Sigun waren, zog er die Brauen zusammen. „Du weißt, wie ich darüber denke, mein Sohn!", stieß er grimmig hervor.

„Schon öfter hat die Seherin nach Ryana gefragt", erwiderte Sigun. „Außerdem bleibt sie in der Burg, während wir in den Kampf ziehen. Sie wird Verantwortung tragen müssen."

Daraufhin warf Magrow seinem Sohn einen vernichtenden Blick zu. „Dafür sind unsere Berater und Heerführer zuständig", grollte er.

Doch Sigun ließ sich nicht beirren. An der Hand zog er Ryana in den inneren Steinkreis. Mit einem aufmunternden Lächeln nickte Sapha ihm zu. Dann begann sie damit, die Sterne um ihren Segen anzuflehen. Anschließend zeigte sie auf die Opferstelle.

Diesmal opferten sie viele Tiere. Der König führte sogar einen edlen Hengst zum Opferplatz. Ryana hatte Tränen in den Augen, als ihr Vater ihn mit einem Stich in den Hals tötete. Lange nahm sich die Seherin Zeit, nach Zeichen zu suchen. „Suche die richtigen Partner!", murmelte sie. Anschließend opferte Sigun einen schweren Ochsen. Auch dieses Mal schaute sie sich die Gedärme gründlich an. Dann blickte sie dem Prinzen in die Augen. „Halte Abstand zu den Feinden!"

Sigun wollte schon fragen, wie das gemeint sei, denn schließlich würden sie gegen die Fremden in die Schlacht ziehen. Doch sein Vater hielt ihn zurück. Anschließend opferten die Heerführer und Berater. Wieder begutachtete Sapha die Innereien, aber nicht so lange. Schließlich hatten alle geopfert, nur Ryana stand noch am Rand und beobachtete die Zeremonie.

„Eure Tochter braucht ein Opfertier", sagte die Seherin zum König. Dann wandte sie sich an Sigun: „Holt meinen roten Hahn!" Er beeilte sich, das Tier zu fangen und Sapha zu bringen. Mit dem Roten im Arm winkte die Seherin Ryana zu sich heran, zückte ihr Ritualmesser und schnitt dem Tier selbst den Hals durch. Dann hieß sie Ryana, die Hände in das Blut zu tauchen. Nachdem sie die Handflächen eingehend studiert hatte, nickte sie zufrieden. „Auf dir ruhen die Hoffnung des Sternenvolks und die Erwartungen der Sterne. Enttäusche sie nicht!" Ohne ein weiteres Wort drehte sie sich um und verließ den heiligen Kreis. Verblüfft schauten ihr die Anwesenden hinterher, trauten sich aber nicht, sie anzusprechen oder gar aufzuhalten. Warum sang Sapha nicht? Warum sprach sie keinen Sternensegen für alle oder wenigstens für König Magrow und Kronprinz Sigun?

Langsam drehte sich der König um. Mit versteinertem Antlitz verließ er gemessenen Schrittes erst den inneren, dann den äußeren Steinkreis. Ryana und ihr Bruder folgten, Mahila und Osun schlossen sich an. Erst danach reihten sich die Berater und Heerführer ein. Ryana stimmte ein heiliges Lied an, zuerst leise. Doch dann wurde sie mutiger und sang mit lauter, klarer Stimme. Sigun und Mahila fielen ein. Bald sangen alle während der gesamten Prozession den Berg hinunter und zur Burg hinauf. Damit baten sie die Sterne um Hilfe.

An der Zugbrücke drehte sich der König um. An seiner Miene und der Gestik erkannte sie, dass er sie maßregeln wollte. Doch dann bemerkte er, wie glücklich alle über den Gesang seiner Tochter waren, und schloss den Mund.

Vorsichtshalber zog Mahila Ryana sofort mit sich in die Frauengemächer, nachdem sie in der Burg angekommen waren. Ihr hatte der Gesichtsausdruck ihres Neffen auch nicht gefallen.

16. Kapitel

Am nächsten Tag nahm der König Sigun zur Seite. „Du hältst dich stets an Herzog Treen. Er ist ein erfahrener Kämpfer und ich habe ihm befohlen, auf dich aufzupassen. Von ihm kannst du viel lernen. Es ist wichtig, dass du gesund zurückkehrst, damit das Land einen König hat." Als Nächstes erteilte er seinem Sohn Ratschläge für die Kriegsführung und die Selbstverteidigung. Nach einer kurzen Pause fuhr er fort: „Falls ich nicht wiederkomme, musst du dich schnell zum König ausrufen lassen. Die Seherin wird dich unterstützen. Opfere großzügig und schenke den Bauern Getreide und Öl, damit sie dir wohlgesonnen sind. Außerdem verständige dich gleich mit dem König des Südreichs. Heirate möglichst schnell, auch wenn du eigentlich noch zu jung dafür bist. Du brauchst starke Verbündete."

„Was ist mit meinem Onkel vom Inselreich?", fragte Sigun. Er wollte sich nicht nur auf König Irus verlassen, da er ihn nicht mochte und für unzuverlässig hielt.

„Der wird versuchen, sich selbst zum König ausrufen zu lassen, da meine Frau seine Schwester war. Freunde dich mit Haarun und seinem Vater an. Achte darauf, dass die Felder rechtzeitig bestellt werden. Falls es zu spät im Jahr ist, lass schnell reifende Zwischenfrüchte anpflanzen, wie Salate und Wurzelgemüse." Er runzelte die Stirn. „Sollte der Krieg noch nicht vorbei sein, dann nimm das Gold aus meiner Schatzkiste und suche dir Kämpfer. Im Norden und Osten gibt es viele erfahrene Recken, die gegen Geld für dich in die Schlacht ziehen würden."

„Solltest du sie nicht jetzt schon holen lassen?"

Der König schüttelte den Kopf. „Nein, diese Krieger sind nicht ungefährlich. Wenn sie keine Beute machen, kann es sein, dass sie das Land ihres Auftraggebers überfallen. Außerdem ist es möglich, dass wir sie gar nicht brauchen, wenn wir an der Seite des Südreichs und des Reichs des Sonnenuntergangs kämpfen."

„Gebt Ihr den Prinzessinnen Mahila und Ryana ebenfalls Anweisungen? Vielleicht sind wir jahrelang fort oder kehren nie zurück", wagte Sigun einzuwenden. Er sorgte sich um seine Schwester. Auf solch eine Situation war sie überhaupt nicht vorbereitet. Was hatte sich der Vater bei ihrer Erziehung nur gedacht?

Verärgert zog Magrow seine dunklen Brauen zusammen. „Nicht schon wieder! Meine Berater werden sich um alles kümmern. Sollte uns etwas passieren, müsste Ryana sofort heiraten. Haarun würde das Reich mit Hilfe seines Vaters regieren. Aber das wird nicht geschehen."

Später überlegte der Herrscher zusammen mit seinen Beratern, wie sie am besten gegen die Eindringlinge vorgehen sollten. Sigun saß schweigend dabei und hörte zu. Der König wollte die Feinde schnell angreifen, in der Hoffnung, sie zu überrumpeln und dadurch einen Vorteil zu erzielen. Sigun hingegen hätte sich lieber mit den Verbündeten zusammengetan, um mit einem großen Heer eine entscheidende Schlacht zu schlagen. Aber seinen Rat würde der Vater sicher nicht beachten. Im Gegenteil, er würde sich über seinen Sohn lustig machen.

Am Abend trafen sich die Zwillinge heimlich im Pferdestall. Ryana war aus einem Fenster gestiegen und durch einen Schuppen geschlichen, um nicht gesehen zu werden.

„Hast du Haarun kennengelernt?", wollte Sigun wissen.

Ryanas Wangen verfärbten sich rosa. „Ja, und er gefällt mir besser, als ich erwartet habe. Er sieht gut aus, außerdem ist er einfühlsam und nett."

„Ein Glück, dass Vater dich nicht mit einem der älteren Brüder verheiraten will. Alle vier sollen sehr grausam sein. Der Kronprinz verprügelt sein Weib regelmäßig. Deswegen hat sie ein Kind verloren. Nachdem er gehört hat, dass es ein Junge war, hat er sie gleich darauf noch einmal geschlagen. Zum Glück hat der Fürst das mitbekommen und ist dazwischen gegangen. Sonst wäre die Frau gestorben."

Entsetzt schnappte sie nach Luft. „Sind in Burani alle so unbeherrscht und grausam?"

„Nein, aber die Adligen gelten als hart, vor allem gegen sich selbst, doch die meisten achten ihre Gemahlinnen. Die Frauen haben viel mehr Freiheiten als bei anderen Völkern. Haarun gilt sogar als weich, aber er ist der Klügste von allen und ein geschickter Diplomat. Dadurch kann er sich behaupten. Schon als Kind hat er sich wohl durchdacht Verbündete gesucht." Mit diesen Worten nahm Sigun eine Bürste und bearbeitete sein Lieblingspferd.

„Werden sie euch gegen die Feinde helfen?" Sacht strich Ryana dem Tier über die Nüstern. Ihr gefiel der Hengst.

„Der König hat Boten nach Burani geschickt. Aber bis sie wieder zurück sind, wird es dauern. Leider ist unser Vater ungeduldig und plant einen Überraschungsangriff." Sigun schwieg eine Weile. „Wer weiß, ob die Buranier helfen? Für sie sind die Feinde weit weg."

Das bereitete Ryana große Sorge. „Du ziehst also morgen in den Krieg!", sagte sie. Ein Schauer lief über ihren Rücken.

Er nickte. „Ja."

„Aber du bist doch noch so jung, du hast gar keine Erfahrung als Heerführer", stieß sie verzweifelt hervor.

120

„Deshalb hat mich Vater auch Herzog Treen zugeteilt. Der soll mir Kriegstaktik beibringen und auf mich aufpassen", erwiderte er und lachte freudlos. „Ein erfahrener Krieger!", überlegte sie laut, halbwegs beruhigt, obwohl sie den Herzog nicht mochte. Er kam ihr immer so verschlagen vor.

„Ja, aber er dient jedem, der genug zahlt. Er ist kein überzeugter Sternenländer."

Als ihr Bruder das sagte, hatte sie das Gefühl, als würde eine kalte Hand nach ihrem Herzen greifen und versuchen, es herauszureißen. Sie fasste Siguns Arm und presste ihn fest.

„Pass auf dich auf. Achte auf Herzog Treen. Und prüfe, ob seine Befehle sinnvoll sind. Nicht, dass er euch verrät, weil die Feinde mehr zahlen." Ihre Augen füllten sich mit Tränen.

„Hast du eine Vision?", fragte er. Seine flache Atmung zeigte, wie aufgeregt er war.

„Nein, aber ein Gefühl, dass eine große Gefahr droht. Die Vorahnung ist stärker geworden, nachdem du Treen erwähnt hast. Du musst auf dich aufpassen. Versprich es mir!" Mittlerweile war sie so angespannt, dass sie ständig das Gewicht von einem Bein auf das andere wechselte. Mit ihrer Zappelei beunruhigte sie das Pferd.

Seufzend fuhr Sigun sich mit den Fingern durch das Haar. „Ich werde es versuchen und Treen gegenüber vorsichtig sein."

„Am liebsten würde ich mitreiten", sagte sie und umarmte ihn stürmisch.

„Nein, du musst auf die Burg und unser Volk aufpassen", stieß er hervor. „Vater nimmt die Gefahr nicht ernst."

„Auch die einfachen Leute werden bald kämpfen müssen", seufzte sie.

„Frauen und Kinder bleiben hier und du trägst für sie die Verantwortung. Warum hat Vater dich nicht rechtzeitig auf die Aufgaben einer Fürstin und Burgherrin vorbereitet?" Auf seinem Gesicht spiegelte sich der Groll, den er verspürte. „Wie konnte er so verbohrt sein? Warum hat er nicht auf vernünftige Leute wie die Seherin, Heerführer Osun und unsere Großtante gehört?"

„Er ist der Meinung, dass Weben, freundlich lächeln und Kinder gebären für eine Königstochter ausreichen." Sie zuckte die Schultern. Was gab es dazu auch noch zu sagen? Bitter lachte Sigun auf. „Warum musste Mutter so früh sterben? Wie schön hatten wir es früher."

Doch sie verzog nur das Gesicht. „Damals hat Vater mir mehr erlaubt, da durfte ich mit dir ausreiten. Aber Mutter wollte immer, dass ich artig bin und mich im Haushalt nützlich mache." Sie stockte, bevor sie fortfuhr: „Wenigstens war Mutter warmherzig, hat mich umarmt und getröstet, wenn ich traurig war."

„Du meinst, Vater hat nach ihrem Tod versucht, ihre Vorstellungen umzusetzen?" Überrascht sah er sie an und legte die Bürste weg.

„Mutter hat mich häufig getadelt, weil ich zu wild wäre und nicht weiblich genug." Sie musste schlucken. Erst nach einer Pause fügte sie hinzu: „Großtante Mahila erzählte, dass sie alle Angst hatten, Vater würde mich aussetzen, weil ich nur ein Mädchen war. Er wollte, dass du gut versorgt wirst. Ein Junge reichte ihm, ich war überflüssig."

„An Ehepolitik hat er damals also noch nicht gedacht!" Bedächtig prüfte er mit einer Hand das Fell des Hengstes.

„Die hat Mutter ihm eingeredet, damit ich wichtiger für ihn wurde."

Spontan umarmte Sigun sie. „Es tut mir leid. Vieles habe ich nicht mitbekommen. Außerdem dachte ich auch, für Mädchen sei Haushaltsführung und Familie das Wichtigste."

„Und das denkst du jetzt nicht mehr?" „Nein, aber erst, seit dieser Krieg droht. Wenn Vater und ich nicht zurückkommen, bist du für alles verantwortlich. Aber keiner hat dir beigebracht, wie man eine Burg führt und ein Land regiert." Über so viel Dummheit schüttelte er den Kopf. Zu lange hatten sie alle sich im Sternenreich sicher gefühlt. Die Ernten fielen normalerweise gut aus und die Nachbarn waren wohlwollend. Wieder traten Ryana Tränen in die Augen und liefen ihre Wangen hinunter. Behutsam wischte Sigun sie mit seinen Fingern fort. „Sei nicht traurig. Bestimmt geschieht uns nichts. Und wenn doch, hast du noch immer Vaters Berater, die dir helfen können. Außerdem heiratest du bald und Haarun wird dir beistehen. Er ist genau der Richtige, weil er in der Thronfolge weit hinten steht und diplomatisches Geschick besitzt."

Jetzt lachte sie, aber es klang nicht heiter. „Gerade hast du gesagt, dass ich besser vorbereitet sein sollte und jetzt sagst du, dass mein Mann ja regieren kann."

Schuldbewusst nickte er. „Du darfst dir nicht alles aus der Hand nehmen lassen. Schließlich bist du eine Sternenfrau. Aber Haarun kann dir helfen. Du magst ihn ja auch."

Vor ihren Augen erschien das Bild ihres fröhlichen Verlobten. „Er ist nett. Ich glaube, ich werde gut mit ihm zurechtkommen. Manchmal wünsche ich mir, schon jetzt nach Burani reisen zu können. Haarun meinte, die Frauen seien dort freier. Andererseits habe ich Angst davor, wegzuziehen. Hier bin ich doch zu Hause, hier ist meine Heimat. Und wer weiß, wie seine Familie mich aufnimmt. Ob mich seine Eltern und Geschwister mögen?"

„Du brauchst keine Angst zu haben. Haarun wird dich beschützen und ich werde dich häufig besuchen. So weit weg ist es nicht und ich muss doch freundschaftliche Beziehungen zu unseren Nachbarn pflegen."

Unter Tränen lächelte sie. Sicher konnte Sigun mit diesen Argumenten den Vater überreden. Doch noch immer fühlte sie die bedrohliche Wolke über der Burg. Würde der Krieg wirklich so schnell beendet sein? Hoffentlich kamen Vater und Sigun heil zurück.

In der Burg war es leise geworden. Als sie durch das Tor sahen, bemerkten sie, dass das Licht im Saal erloschen war.

„Wir müssen schlafen. Du hast eine anstrengende Zeit vor dir. Wer weiß, wann du dich demnächst ausruhen kannst", murmelte sie. Nur ungern trennte sie sich von ihrem Bruder.

„Ich werde immer an dich denken. Schau zu den Sternen. Ich werde den Zwillingssternen meine Gedanken mitteilen." Mit diesen Worten zog Sigun sie in seine Arme.

Ryana küsste ihn auf die Wange. Dann huschte sie zum Gebäude, schlüpfte durch das Fenster hinein und schlich sich in die Frauengemächer.

Als sie leise die Kammer betrat, merkte sie, dass Mahila sich unruhig hin und her wälzte. Rasch schlüpfte sie unter ihre Decke und versuchte zu schlafen. Doch die Sorgen hielten sie wach.

Sobald im Hof die Holzschuhe der Mägde und Knechte klapperten, standen Ryana und Mahila auf, zogen sich an und stiegen die Treppe hinunter. Gerade trafen die adligen Krieger ein, um den Morgenbrei zu essen.

Kurzentschlossen setzte Ryana sich zu ihrem Vater und Bruder. „Muss ich auf irgendetwas achten?", fragte sie geradeheraus.

Unwillig schüttelte der König den Kopf. „Surani und die Ältesten wissen Bescheid. Sie werden sich um alles kümmern."

„Und wenn dir etwas passiert?", wandte sie ein.

„Dann werden Sigun oder Surani dich früher mit Haarun verheiraten. Du bist auf jeden Fall versorgt", erwiderte ihr Vater barsch und nahm sich mehr von dem köstlichen süßen Getreidebrei.

Doch so schnell wollte sie keine Ruhe geben, auch wenn es sie Kraft kostete, sich dem Unwillen des Königs zu stellen. „Was ist mit dem Sternenreich?"

Seinem Gesicht sah sie an, wie ungehalten er war, aber er beherrschte sich, da Osun und Surani zu ihm herüberblickten. Deshalb erklärte er nur: „Notfalls wird Haarun das Reich regieren. Aber Sigun wird ganz sicher heil nach Hause kommen. Ich habe Herzog Treen angewiesen, gut auf ihn aufzupassen. Auch ich selbst werde nicht an vorderster Front kämpfen, daher droht mir kaum Gefahr." Es klang genervt.

Während er sprach, erkannte sie ein dunkles Mal auf seiner Stirn. Ihr Vater würde nicht zurückkehren. Die Sterne sandten ihr dieses Zeichen, damit sie vorbereitet war. Sie traute sich nicht, Sigun anzuschauen. Zu groß war ihre Angst, dass auch er ein Mal trug. Bis zum letzten Moment erteilte der König seinen Beratern und Heerführer Osun noch überstürzte Befehle, dann erhob er sich. Sofort standen auch die Krieger auf und eilten hinaus zu ihren Waffen und den Pferden.

Zum ersten Mal seit Jahren wandte sich der König seiner Tochter zu, umarmte und segnete sie. „Du wirst glücklich werden und Kinder haben. Die Seherin hat dir zu deiner Geburt eine gute Zukunft vorhergesagt." Dann küsste er sie auf die Wangen und ging. Mit brechender Stimme rief sie ihm hinterher: „Die Sterne seien mit Euch und mögen Euch behüten!"

Anschließend lief sie zu Sigun. Ihr Bruder drückte sie an sich. „Ich hatte es mir anders erhofft, aber die Sterne wollten es nicht. Pass auf dich auf. Mahila und Osun sind gute Freunde. Auf die kannst du dich verlassen und auch die Seherin ist dir wohlgesonnen. Vertraue ihr." Er strich ihr über den Kopf und küsste sie auf die Stirn.

„Pass auf dich auf", flüsterte sie. „Ich habe Angst."

Weil sie so aufgelöst war, konnte sie kaum reden. So laut wie möglich sprach sie einen Segen und empfahl ihren Bruder den Sternen. Da sie nicht die Kraft hatte, in den Hof zu gehen und den Aufbruch der Männer zu verfolgen, eilte sie in ihr Gemach und vergrub sich in ihre Decke. Erst gegen Mittag erschien Mahila. „Ryana, du solltest etwas essen. Mit Hungern hilfst du niemanden." Mühsam erhob sie sich mit roten, verweinten Augen.

Ihre Großtante schloss sie in die Arme. „Ach, Kind, ich habe auch kein gutes Gefühl bei diesem Kriegszug. Aber wir können nichts daran ändern. Wenn wir erkranken, werden dein Vater und Sigun noch größere Sorgen haben."

Tapfer nickte sie und nahm sich vor, den Männern keinen zusätzlichen Kummer zu bereiten. Sie würde das Schicksal, das die Sterne für sie vorgesehen hatten, annehmen und alle Prüfungen ertragen.

17. Kapitel

In der folgenden Zeit warteten Ryana und ihre Großtante täglich auf Nachricht von König Magrow oder Kronprinz Sigun. Ihre Geduld wurde auf eine harte Probe gestellt. Osun trainierte währenddessen auf der Brache vor der Burg Jünglinge, fast noch Knaben, die weder gut noch stark genug waren, um in den Kampf zu ziehen.

„Warum dürfen wir nicht in die Schlacht? Der Kronprinz ist nicht älter oder erfahrener als wir", schimpften sie, sobald Osun außer Hörweite war. Natürlich wurde es dem Heerführer zugetragen. „Prinz Sigun reitet nicht in der ersten Reihe, er lernt das Kriegshandwerk aus der Feldherrnposition", erklärte er. „Und seine Kameraden sind angewiesen, auf ihn aufzupassen, damit ihm nichts passiert. Was meint ihr, auf wie viele Kinder die erfahrenen Kämpen gleichzeitig aufpassen können?" Als die Jugendlichen schwiegen, sagte er nur: „Seht ihr! Sollte dieser Feldzug allerdings länger dauern, als wir erwarten, wird eure große Stunde noch kommen. Dann reitet ihr nämlich in den Süden zu den Kriegsschauplätzen. Und wenn der Krieg, wie wir alle hoffen, schnell vorbei ist, dann erwartet der König bei den Schlachten, die in Zukunft wohl noch geschlagen werden müssen, euren Einsatz."

„Wir haben schon seit fast zwei Generationen keinen Krieg im eigenen Land geführt", giftete ein rothaariger Junge.

„Und dafür sind wir sehr dankbar", entgegnete Osun. „Es ist nicht schön, Väter, Brüder, Freunde und Kinder im Krieg zu verlieren. Aber ihr vergesst, dass wir vor fast zwanzig

Jahren Truppen ins Ostreich geschickt haben, als Reiterhorden es bedrängten. Und vor über einem Jahrzehnt ist Herzog Treen ins Reich des Sonnenuntergangs geritten, als dort um den Thron gekämpft wurde. Das haben euch Eltern und Großeltern sicher erzählt."

Ryana beobachtete das Training der Jünglinge täglich von ihrem Fenster aus und staunte, wie schnell sie sich verbesserten. Schon bald waren sie gute Kämpfer. Morgens ritt Ryana in Begleitung zweier Knechte auf ihrer alten Stute aus. Sie musste unbedingt besser und ausdauernder werden. Wie sonst sollte sie nach Burani gelangen? Obwohl der König ihr nach Haaruns Besuch gestattet hatte, zu reiten, genügten ihre Fähigkeiten buranischen Ansprüchen noch nicht. Blamieren wollte sie sich als zukünftige Ehefrau von Prinz Haarun auf keinen Fall. Außerdem konnte sie bei den morgendlichen Ausritten beobachten, was im Land vor sich ging. Die Bauern hatten Mühe, die Ernte einzubringen. Zu viele Helfer fehlten. An deren Stelle quälten sich überall Frauen mit schwerer Feldarbeit ab, selbst Schwangere sah Ryana auf den Feldern.

Daheim besprach sie sich mit Mahila und sogar mit Surani. Doch sie fanden keine Lösung für das Problem, da die Männer im Krieg gebraucht wurden.

„Hoffentlich kommen unsere Kämpfer gesund zurück", murmelte Ryana nach einem dieser Gespräche.

„Schatz, quäle dich damit nicht. Wir können es nicht ändern. Wenn die Sterne das als unser Schicksal bestimmt haben, dann ist es so", versuchte Mahila sie zu beruhigen.

Niedergeschlagen nickte sie. Ihr Geschick anzunehmen, das musste sie noch lernen. Insgeheim hatte sie gedacht, nach der harten Schule ihrer Eltern und der Dame Iwuna genug gelitten zu haben.

Bald erreichten sie gute Nachrichten. Boten erzählten, dass der König gemeinsam mit dem Südreich eine große Schlacht gewonnen hatte. Es folgten weitere Siege.

„Dann kommen sie hoffentlich bald nach Hause", frohlockte Ryana. Daraufhin ließ sie bei der Seherin anfragen, wann sie ein Dankesopfer mit Fest ausrichten könnte. Doch Sapha ließ ihr mitteilen, dass sie stattdessen ein bedeutsames Bittopfer darbringen sollte.

„Was meint sie damit, Mahila?", fragte Ryana mit bangem Herzen.

„Denk nach, du weißt es selbst", antwortete ihre Großtante kurz angebunden und mit versteinertem Gesicht.

Sie schluckte und nickte. Der Krieg war noch nicht gewonnen und wenn die Seherin ihr vorschlug, Bittopfer zu bringen, sah es nicht gut aus. Aber sie mochte dem Volk nicht die Hoffnung nehmen. Sie fragte die Berater ihres Vaters, ob es weitere Möglichkeiten gab, die Kämpfer zu unterstützen.

Neue Boten brachten kurz darauf die Meldung, dass das Reich des Sonnenuntergangs fast völlig erobert sei. Daraufhin schickte Osun die unerfahrenen jungen Männer an die Grenze. Herzog Treen sollte sie befehligen.

„Heißt das, dass Sigun in die Kampfhandlungen verwickelt ist?", fragte Ryana. Die Angst um ihren Bruder wuchs.

Osun schwieg und schaute zu Surani. Der wiederum blickte Prinzessin Mahila auffordernd an.

„Ryana, wenn Sigun dereinst regiert, muss er auch Heere führen können."

„Aber er ist doch erst vierzehn Jahre alt, noch viel zu jung und längst nicht kräftig genug, um gegen einen erfahrenen Krieger zu kämpfen." Ihr liefen die Tränen über die Wangen. Wieder sah Ryana die dunkle Wolke über der Burg. Sie galt Sigun, vielleicht auch ihrem Vater. Schluchzend wandte sie sich ab und stürzte die Treppe zu ihrem Gemach hinauf.

129

Am nächsten Tag ging sie, nur von Mahila begleitet, vor Sonnenaufgang zum Heiligtum. Drei alte Knechte trieben zwei stattliche Ochsen und einen jungen Hengst hinter ihnen her. Die Seherin erwartete sie schon, obwohl sie nichts abgesprochen hatten. Aufmunternd nickte Sapha ihr zu. Dann zeigte sie auf einen Knecht und auf die Opferstelle. Der ältere Mann zerrte einen Ochsen zur Mulde bei der Stele und hielt ihn mit eiserner Faust fest, als er fliehen wollte.

Zusammen mit ihrer Großtante trat sie näher. Die Seherin wies sie an, das Tier zu töten. Doch sie zögerte. Das arme Huhn, das sie seinerzeit geopfert hatte, hatte ihr noch lange schlaflose Nächte beschert. Was konnte ein armes Tier für all die Probleme? Doch es ging um ihren geliebten Bruder und ihr Land. Tief holte sie Luft, zog ihr Messer aus dem Gürtel, trat zu dem Ochsen und schnitt ihm zögerlich die Kehle durch. Das Tier brach zusammen, sie sprang zurück.

„Gut so", murmelte die Seherin. Mit einer Handbewegung zeigte sie Ryana an, dass sie den Bauch aufschlitzen sollte. Daraufhin nickte Ryana, beugte sich hinunter, setzte das Messer an, schloss die Augen und schnitt kräftig hinein. Ihr wurde übel, aber von einer Königin erwartete man Tapferkeit. Also atmete sie mehrmals tief durch, nahm den Eisengeruch des Blutes wahr, dann den widerwärtigen Gestank der Innereien. Mühsam kämpfte sie gegen die aufsteigende Übelkeit. Schließlich öffnete sie die Augen.

Inzwischen hatte die Seherin ihren Schnitt mit dem Ritualschwert erweitert und studierte die Innereien. Kurz blickte sie auf und forderte: „Die anderen Tiere!" Seufzend nickte Ryana dem nächsten Knecht zu und der brachte den zweiten Ochsen. Diesmal zögerte sie nicht so lange. Energisch, damit das Tier weniger Qualen erleiden musste, schnitt sie die Kehle durch und öffnete gleich darauf den Bauch. Inzwischen waren nicht nur ihre Hände, sondern auch Arme und Gewand mit Blut besudelt.

Die Seherin stocherte in den Gedärmen herum und murmelte Sprüche. Sie klang sehr unzufrieden. „Das nächste Tier!", bestimmte sie mit leiser Stimme. Ryana gab dem dritten Knecht ein Zeichen. Ihr tat es weh, den schönen jungen Hengst zu töten. Doch sie hoffte, ihren Bruder damit zu retten. Sie strich dem Pferd über Hals und Nüstern, dann hob sie das Messer und schnitt auch ihm den Hals durch.

Diesmal öffnete die Seherin selbst mit ihrem Ritualmesser den Bauchraum und holte die Gedärme heraus. Dabei sang sie ein Lied, das unendlich traurig klang. Ryana schaute ihre Großtante an. Erst als sie deren Tränen sah, bemerkte sie, dass sie selbst längst weinte.

Endlich, nach einer gefühlten Ewigkeit, richtete sich die Seherin auf und sah Ryana an. Dann sprach sie leise und undeutlich: „Sei stark! Auf dir ruht die Rettung des Sternenreichs!" Damit entließ sie die beiden Frauen. Ryana wollte noch fragen, was mit Sigun und ihrem Vater passieren würde, doch die Seherin hatte sich schon umgedreht und verschwand zwischen den hohen Stelen. Schweigend lief sie mit Mahila den Berg hinunter, die Knechte folgten. Je näher die Burg kam, umso langsamer wurden sie.

„Du hast alles versucht. Aber seinem Schicksal kann man nicht entgehen. Die Sterne haben es schon vor langer Zeit vorhergesagt", flüsterte Mahila.

Am Fuße der Burg wusch Ryana sich im Fluss Hände und Arme. Daheim in der Kammer schickte Mahila gleich die Mägde los, den Zuber mit warmem Wasser zu füllen, damit die junge Prinzessin baden konnte.

Mit vereinten Kräften errangen die Verbündeten in den nächsten Wochen ein paar kleinere Siege. Osun brachte inzwischen jungen Bauern und Knechten, die aus entfernten Gegenden hergezogen waren, um ihr Glück auf dem Schlachtfeld zu machen und reich zu werden, das Kämpfen mit Waffen bei.

Während Ryana täglich die Sterne um Hilfe anflehte und für die Seherin einen Umhang in feinster Wolle webte, versuchten die Berater, weitere Bündnisse zu schmieden. Doch davon erfuhr sie nur Bruchstücke über Mahila und die junge Magd Zinani, die die Männer bediente. Noch immer gehorchten die Berater den Anweisungen des Königs und hielten Ryana von allen wichtigen Entscheidungen fern.

An einem Tag im Herbst stand Ryana an ihrem Fenster und beobachtete die Vögel, die im Hof Futter suchten. Da tauchte eine Gruppe Reiter in der Ferne auf. Kurz danach bemerkte sie die Aufregung am Burgtor, doch wieder einmal wurde sie nicht benachrichtigt.

Erst als die Fremden in den Burghof ritten, erschien eine Magd. „Die Prinzen Woran und Haarun aus Burani sind eingetroffen. Der Berater Surani bittet Euch, heute Abend zum Gastmahl zu erscheinen."

Da wechselte Ryana einen Blick mit ihrer Tante. Sicher hatte Haarun auf ihrer Anwesenheit bestanden, sonst wäre sie nicht einmal über die Ankunft ihres Verlobten informiert worden. „Wird sich das denn nie ändern?", grummelte sie enttäuscht.

„Wenn ihr erst einmal verheiratet seid, geht es dir sicher besser. Haarun wird schon dafür sorgen, dass du gut behandelt wirst und dich auch über Entscheidungen informieren", tröstete ihre Großtante und strich ihr über den Rücken. „Zieh das Festkleid für deinen Verlobten an."

„Wer weiß, was Haarun selbst erfährt. Seine älteren Brüder gehören zum Fürstenhof. Er ist nur der ungeliebte jüngere

Sohn und nicht gleichberechtigt." Unwillkürlich schüttelte sie den Kopf. Sie misstraute dem buranischen Fürstenhof.

„Dann könnt ihr euch vom Hof fernhalten und eure eigene kleine Burg beziehen, fern von den Intrigen der Politik."

Dankbar lächelte sie Mahila an. „Vielleicht habe ich ja Glück", meinte sie.

Schon früh am Abend legte Ryana ihr bestes Gewand an, schmückte ihr Haar mit einem silbernen Kamm und ihre Arme mit filigranen Reifen. Sie freute sich über die Abwechselung und hoffte, ihren künftigen Gatten besser kennenzulernen.

Als sie die Treppe betrat, entdeckte sie Haarun sofort. Er stand neben einem bulligen schwarzhaarigen Mann mit üppigem Vollbart, der eine viel dunklere, fast schwarze Hautfarbe hatte. Die beiden Männer unterhielten sich mit Osun und Surani. Vor Mahila schritt sie die Stufen hinunter. Als Haarun sie sah, erhellte sich sein Gesicht. Lächelnd trat er auf sie zu. „Wie wohltuend, Euch wiederzusehen. Ihr seid in der Zwischenzeit noch schöner geworden. Ich bin glücklich, dass unsere Väter uns für einander bestimmt haben." Dann begrüßte er Mahila freundlich.

Ryanas Herz klopfte vor Aufregung. Hoffentlich waren es nicht nur Höflichkeitsfloskeln. Aber seine Augen mit den goldenen Sprenkeln schauten sie offen an. „Ich freue mich, dass Ihr in dieser Bedrängnis Zeit gefunden habt, uns zu besuchen", erwiderte sie.

„Darf ich Euch meinen Bruder, Prinz Woran, vorstellen? Er wird unsere Kämpfer in die Schlacht führen."

Kurz schaute sie zu Prinz Woran, bevor sie nickte und ihren Blick senkte. Der Mann jagte ihr Angst ein. Sein Gesichtsausdruck war genauso dunkel wie sein Äußeres. Seine schwarzen Augenbrauen dominierten das Gesicht. Über der Nasenwurzel waren sie zusammengewachsen und sein üppiger Bart wucherte ungeschnitten bis zu seiner Brust. Sie fühlte eine bedrohliche Kraft, die von ihm ausging. Ohne Zweifel war er grausam und sie nahm sich vor, ihm nach Möglichkeit aus dem Weg zu gehen.

„So, so, das ist also die kleine Braut meines Halbbruders. Wenn ihr Vater sie an einen jüngeren Sohn verheiratet, ist sie ja wohl nichts wert." Seine tiefe, kratzige Stimme jagte einen Schauer über ihren Rücken. Wut und Scham brandeten in ihr auf, doch sie achtete auf ihre Atmung und beherrschte ihre Mimik. Iwunas harte Erziehung war wohl doch nicht umsonst gewesen.

„Du warst doch bereits bei deiner Geburt versprochen", wandte Haarun ein und lachte leise, „ebenso wie unsere anderen Brüder."

Sie warf ihm einen fragenden Blick zu. „Alle sind mit adligen Frauen unseres eigenen Volkes oder der Stämme unserer östlichen Verwandten verheiratet oder verlobt", erklärte er.

„Haarun ist nur Halbburianer. Mit seiner hellen Haut ist er hässlich, unsere Frauen würden eine Ehe mit ihm als Zumutung empfinden", sagte Woran herablassend.

Um nicht die Fäuste zu ballen, musste sie sich sehr beherrschen. Durch halb geschlossene Augen musterte sie den Prinzen. Nun fiel ihr auf, dass er auf seine Weise gut aussah. Ein kraftstrotzender Krieger mit einem ebenmäßigen Gesicht und vollem, kräftigen Haar. Sicher war er der bessere Kämpfer, da er viel stärker sein musste als Haarun. Aber ihr Verlobter war freundlich, intelligent und kümmerte sich um andere.

Prinz Woran wandte sich an Surani: „Wir brauchen Vorräte und frische Pferde."

„Getreide und Bohnen kann ich Euch geben, Pferde besitzen wir nicht mehr." Surani machte ein bekümmertes Gesicht.

„Aber eure Bauern haben noch welche", erklärte Woran herrisch.

„Die eignen sich nicht für eine Schlacht. Eure Tiere sind viel edler und ausdauernder", erwiderte Surani. Es klang wie eine Entschuldigung.

„Nicht einmal gute Pferde gibt es hier. Haarun, was willst du mit so einer Braut? Schau dir doch unsere Großcousine Iwuna an. Alles weiß sie besser und alle will sie erziehen. Und warum? Nur weil sie mit dem Königshaus des Inselreichs verwandt ist", spottete Woran. Dann lachte er dröhnend.

Ryana schluckte. Iwuna war also mit ihr verwandt? Das hatte sie nicht gewusst. Deshalb sah Iwuna so anders aus als die Burianer. Warum hatte das nie jemand erwähnt?

„Wie geht es Hofdame Iwuna? Ist sie heil zurückgekehrt?", fragte Mahila höflich, um das Thema zu wechseln.

Prinz Woran lachte laut. „Die ist unverwüstlich. Inzwischen ist sie hoffentlich im Inselreich angekommen. Wir hatten keine Verwendung mehr für sie."

Geschockt blickte Ryana hoch. Woran grinste sie an. „Zimperliche Menschen aus festen Steinhäusern passen nicht in unser Leben." Zur Bekräftigung spuckte er auf den Boden.

„Jetzt erzählt er gleich, dass wir in Laubhütten hausen und rohes Fleisch direkt vom Kadaver eines Tieres verschlingen", spottete Haarun.

Ein Lächeln huschte über ihr Gesicht.

„Dein zartes Prinzesschen fällt doch in Ohnmacht, wenn sie ein bisschen Blut sieht", giftete Woran.

„Mein zartes Prinzesschen ist gewohnt, ihren Göttern Tiere zu opfern. Der Bittsteller bringt das Opfertier mit, schlachtet es selbst und schneidet das Gedärm heraus. Soviel ich weiß, hat das noch keine meiner Schwestern gemacht."

Überrascht musterte Woran sie von oben bis unten. „Eure Reitkünste sollen zu wünschen übriglassen", kritisierte er anschließend.

„Seit Hofdame Iwuna abgereist ist, reitet Ryana wieder regelmäßig. Früher war es ihre Lieblingsbeschäftigung", erwiderte Mahila schnell.

Der Berater zog ein verzweifeltes Gesicht. Mit einer beschwichtigenden Handbewegung bemühte er sich, die Gemüter zu beruhigen.

„So, so, dann hat Iwuna also auch hier Schaden angerichtet", grunzte der dunkle Prinz in seinen Bart.

„Deswegen habt ihr sie doch hergeschickt", entgegnete Haarun heftig. „Ihr wolltet meine Braut von vornherein einschüchtern."

Da die Mägde gerade die Speisen hereintrugen, fand das Gespräch zum Glück ein Ende, bevor sich der Streit verschärfte. Vorsichtshalber hielten sich Ryana und Mahila bei Tisch zurück. Sie überließen es Surani und den Ältesten des Rates, sich mit den Gästen zu unterhalten. Bald nach Ende des Gastmahles zogen sie sich in ihre Gemächer zurück.

Zum Glück reiste Prinz Woran mit den Kriegern am nächsten Morgen in aller Frühe ab, um zum König und seinen Mannen zu stoßen. Erleichtert atmete Ryana auf. Sie hatte schon Sorge gehabt, dass Worans Kämpfer die umliegenden Dörfer plündern und die Frauen schänden würden.

Als sie wie üblich nach dem Frühstück ihre Stute aus dem Stall holte, stand Haarun im Tor.

„Ihr seid noch hier?", fragte sie überrascht.

„Ja, ich habe meinen Bruder nur begleitet, um Euch sehen zu können. Wir kennen uns doch kaum und ich wollte die Gelegenheit nutzen, Zeit mit Euch zu verbringen."

„Müsst Ihr nicht auch kämpfen?" Zweifelnd schaute sie ihn an.

Er lachte. „Um eine Gruppe Krieger anzuführen, ist meine Herkunft angeblich nicht edel genug. Die Mutter meiner Mutter stammte aus dem Südreich. Mich nur als einfacher Streiter in die Schlacht ziehen zu lassen, war meinem Vater aber doch zu peinlich. Also befahl er mir, daheim Männer auf den Kampf vorzubereiten."

„Das hört sich schrecklich an", meinte sie kopfschüttelnd.

Haarun nahm sie in seine Arme. „Habt keine Angst, meiner Mutter und mir geht es in Burani gut. Wir leben nicht am Königshof, sondern in unserem eigenen Heim, in dem wir schalten und walten können, wie es uns gefällt. Das ist besser, als bei meinem Vater und seiner Familie zu leben. Dort müssten wir uns den älteren Familienmitgliedern fügen."

Er half ihr in den Sattel, dann stieg er selbst auf und sie ritten hinaus. Da alle Männer beschäftigt waren, durfte sie inzwischen allein ausreiten. Sie wollte unbedingt zum Stausee, denn sie war ständig besorgt, dass der Damm nicht hielt und ihnen im nächsten Sommer wieder das Wasser fehlen würde. Doch es war alles in Ordnung.

„Kann man dort hinaufreiten?", fragte Haarun und deutete auf den Berg, der den Damm begrenzte.

„Ein schmaler Pfad führt zum Gipfel." Kurz entschlossen lenkte sie ihr Pferd in den Wald und den Berg hinauf. Der Aufstieg dauerte länger, als sie gedacht hatte. Oben angekommen stiegen sie ab und ließen die Tiere grasen. Von hier hatten sie einen herrlichen Ausblick über die fruchtbare Ebene. Sie deutete nach Westen. „Bei gutem Wetter sieht man von hier die Berge des Reichs des Sonnenuntergangs."

„Und das Südreich?", fragte Haarun.

„Das befindet sich weiter hinten, aber es ist flacher und deshalb von hier aus nicht zu sehen. Und dort", sie zeigte nach Nordwesten, „liegt das Inselreich im Meer. Von dort stammt meine Mutter. Sigun war kurz am Hof unseres Onkels zu Besuch, aber der war wohl nicht so glücklich, sich um seinen Neffen kümmern zu müssen."

„Man kann nicht mit allen Familienmitgliedern eng befreundet sein. Vielleicht schließt Sigun in einigen Jahren ein enges Bündnis mit Euren Verwandten."

Als sie nun zur Sternenburg schaute, leuchteten die hellen Steinwände im Sonnenschein. Doch eine vorbeiziehende Wolke verdunkelte sie. Wieder spürte sie die Gefahr, die über der Burg schwebte, und einen Stich im Herzen. „Vielleicht", erwiderte sie leise. Ihre Augen wurden dunkler, ihre Miene erstarrte.

Haarun beobachtete sie scharf. „Ihr habt Visionen!" Es war keine Frage, sondern eine Feststellung. Erschrocken sah sie ihn an. Ihre Mutter und Mahila hatten sie stets ermahnt, ihre Fähigkeiten geheim zu halten. Sogar Sigun hatte sie es nie verraten, obwohl ihr Bruder es sicher ahnte.

„Keine Angst. Ich erzähle es niemandem. Aber ich habe gehört, dass eure Seherinnen immer aus einer Seitenlinie Eurer Familie stammen. Ihr verfügt über dieses Talent. Schon im Heiligtum ist mir aufgefallen, dass Ihr verzweifelt wart, als würde Euch eine schwere Last niederdrücken."

Eine Weile schwieg sie. „Mich bedrücken Sorgen", sagte sie schließlich. „Immer, wenn ich die Burg sehe, an meinen Vater oder Bruder denke, bekomme ich Angst. Ich befürchte, dieser Krieg ist noch lange nicht vorbei und er wird viele Opfer fordern."

Bedächtig nickte Haarun. „Unser Schamane hat sich ähnlich geäußert. Er meinte auch, dass wir euch unterstützen sollten. Wenn ihr die Feinde nicht besiegt, werden sie auch uns angreifen. Deshalb hat König Birun die Krieger zu Hilfe geschickt. Unsere Männer sind zwar gute Kämpfer und dank unserer Pferde sehr schnell an jedem beliebigen Ort, aber wir sind nur ein kleines Volk und können keine großen Heere stellen."

Auch wenn ihr vieles verheimlicht wurde, wusste sie darüber einiges von Sigun.

„Mein Vater ist für jede Unterstützung dankbar." Nach einem letzten Blick über das Sternenreich stieg sie auf ihr Pferd und ritt vorsichtig den steilen Weg bergab.

„Betreibt ihr auch Ackerbau?", fragte sie, als sie die Ebene erreicht hatten.

„Ein bisschen. In der Nähe der Ortschaften bewirtschaften die Frauen Gärten und Felder. Die Männer betreiben Viehzucht. Wir züchten vor allem Pferde, aber auch Rinder und Ziegen. Da unser Land nicht so fruchtbar ist, müssen die Familien mit ihren Tieren ab und zu die Weiden wechseln und weiterwandern."

„Und die Frauen? Bleiben die zurück? Und was geschieht mit den Feldern?", fragte sie. Wie wenig sie doch wusste. Warum hatte Dame Iwuna ihr nicht mehr von diesen Dingen erzählt?

„Die Felder bleiben während der Wachstumsphase sich selbst überlassen. Zur Erntezeit kehren die Familien zurück."

Dankbar für die Gelegenheit fragte sie ihn alles Mögliche über das Leben in Burani. Es gab so viel, was sie nicht wusste. Früher hatte Königin Myana ihren Kindern oft von ihrer fernen Heimat erzählt. Sigun hatte während seines kurzen Besuchs ein wenig über das Südreich berichtet. Burani war natürlich besonders wichtig, da sie in ein paar Jahren dort leben sollte. So richtig konnte sie es sich nicht vorstellen. Vielleicht lag es an der Sorge um den Vater und den Bruder.

Zurück in der Burg suchte Ryana brav die Frauengemächer auf und arbeitete weiter an dem Umhang für die Seherin. Nebenbei erzählte sie Mahila, was Haarun über das Leben in

139

Burani berichtet hatte. Dann hörte sie etwas – es waren die Stimmen von Haarun und Surani. Neugierig lauschte sie oben an der Tür.

„Es wundert mich sehr, dass im Sternenreich die Frauen gefangen gehalten werden", sagte Haarun, nachdem Surani sich geweigert hatte, die Prinzessinnen zum Abendessen in den Saal holen zu lassen. „Ich möchte, dass meine zukünftige Frau reiten kann, selbstbewusst ist und eigene Entscheidungen trifft. Frauen sind bei uns eigenverantwortlich für das Haus, die Familie und die Felder zuständig. Die Männer sind für die Viehzucht und die Sicherung des Landes verantwortlich."

Seine Rede erwärmte ihr Herz. Ihre Sorge, dass sie noch schlimmer unterdrückt werden würde, so wie Iwuna es erzählt hatte, schwand. Die fürstliche Cousine hatte wohl nur die Wut über ihre Verbannung an Ryana ausgelassen.

Dank Haaruns Hartnäckigkeit durften Mahila und sie am Gastmahl teilnehmen. Nach dem gemeinsamen Essen schlich sie sich unauffällig in den Stall zu ihrem alten Pferd, um zu schauen, ob dem Tier der Ausflug gut bekommen war. Sie lehnte sich an den Hals der Stute und streichelte ihn. Wie sehr hatte sie das Tier jahrelang vermisst.

„Ihr mögt Eure Stute", ertönte Haaruns leise Stimme hinter ihr.

„Ja, ich habe sie schon sehr lange, aber ich durfte mich nach dem Tod meiner Mutter nicht mehr um sie kümmern. Ein paarmal hat Sigun mir geholfen, mich fortzuschleichen und auszureiten. Jedes Mal gab es deshalb Ärger. Dann tauchte Iwuna auf und mein Bruder zog fort."

„Das tut mir leid", flüsterte er.

„Mein Vater hat sich nach dem Tod unserer Mutter, die er über alles liebte, sehr verändert. Danach hat er mir vieles verboten, was vorher erlaubt war."

„Er hatte Angst, Euch auch noch zu verlieren", vermutete Haarun.

„Das weiß ich nicht. Es ging auch um solche Dinge wie die Abende im Saal. Eure Hofdame hat ihm zudem eingeredet, dass das Bisschen, was mir noch erlaubt war, auch unschicklich sei."

„Es tut mir leid, dass Fürst Birun sie an euch abgeschoben hat und du von ihr gequält wurdest. Eigentlich hatten alle damit gerechnet, dass König Magrow sie ganz schnell wieder zurückschicken würden."

Sie seufzte. Dann wäre ihr vieles erspart geblieben. Im nächsten Moment zog er sie an sich, strich ihr die Haare aus dem Gesicht, beugte sich über sie und küsste sie zärtlich. „Ich mag dich und freue mich auf unsere gemeinsame Zukunft."

Als sie in seine dunklen Augen sah, wurden ihre Knie weich. Ja, sie war auch selig, dass ihr Vater eine gute Wahl getroffen hatte. „Ryana, wenn du Probleme hast oder eine politische Entscheidung treffen musst, während König Magrow und Prinz Sigun noch im Feld sind, dann unterstütze ich dich. Du kannst mich jederzeit um Hilfe bitten." Er küsste sie erneut und sie schmiegte sich an ihn. In seinen Armen fühlte sie sich geborgen. „Ich warte auf dich. Es macht mir nichts aus, mich zu gedulden, bis du erwachsen bist."

Dann hörten sie die Knechte, die noch einmal nach den Tieren schauten. „Lass uns gehen", wisperte Ryana und zog ihn zum Hintereingang. „Ich muss zurück in mein Gemach, bevor ich vermisst werde."

„Immerhin bin ich dein Bräutigam", meinte er und lachte leise.

„Aber noch nicht mein Gemahl." Sie stellte sich auf die Zehenspitzen, küsste ihn auf die Wange und huschte durch den Nebeneingang in die königlichen Gemächer.

Leider musste Haarun schon am nächsten Morgen abreisen, da sein Vater ihn erwartete. „Ich muss die jungen Männer ausbilden. Ruf mich, wenn du Hilfe brauchst", sagte er und drückte ihre Hände.

„Passt auf Euch auf", bat Ryana. Sie traute sich nicht, ihn in aller Öffentlichkeit zu duzen. Als er schon im Sattel saß, rief sie: „Die Sterne sind mit Euch."

Lange sah sie ihm und seinem einzigen Begleiter von ihrem Fenster aus hinterher, bis er in der Ferne verschwand. Wieder einmal war ihr Herz schwer. Sie mochte ihn, mochte ihn sogar sehr. Doch sie hatte das Gefühl, dass es das Schicksal nicht gut mit ihnen meinte. Hoffentlich musste er nicht auch noch in den Krieg ziehen.

18. Kapitel

König Magrow war zufrieden. Auch ohne Unterstützung der südländischen Verräter gewann er die nächsten Scharmützel. König Irus hatte seine wenigen verbliebenen Männer vom Schlachtfeld zurückbeordert. Über geheime Wege hatte Magrow erfahren, dass Irus heimlich Verhandlungen mit den Feinden führte. Die Burianer hingegen kämpften verbissen. Mit ihren schnellen Pferden und der Treffsicherheit der Bogenschützen waren sie eine große Hilfe. Erleichtert dachte er an seine Tochter. Ihre Zukunft hatte er in verlässliche Hände gelegt. Durch die vorgesehene Heirat festigte er die Verbindung mit dem Fürstenreich. Das Kriegsglück schien sich ihnen wieder zuzuneigen. Doch dann brach eine Seuche aus. Zuerst befiel die tödliche Krankheit die Bevölkerung des Reichs des Sonnenuntergangs, wie er von Boten erfuhr. Obwohl er auf Anraten seines Heilers seine Krieger aus dem von Feinden besetzten Nachbarreich zurückzog und außerdem den Männern verbot, Dörfer aufzusuchen, griff die Seuche schnell auf seine Leute über. Er trennte die Truppen, in denen Krieger von ihr befallen waren, von den übrigen, aber die Seuche ließ sich nicht mehr aufhalten. Voller Angst schickte er Boten zu Herzog Treen mit dem Befehl, den Kronprinzen zu einem Einsiedler zu schicken und jeglichen Kontakt zu ihm zu unterbinden. Nicht nur die einfachen Soldaten starben, viel schlimmer traf ihn der Verlust seiner Befehlshaber und Berater. Und es war ein schrecklicher Tod. Tagelang quälten sich die Kranken unter großen Schmerzen, bekamen blutige Beulen und litten an Atemnot. Ihre Schreie und der entsetzliche Anblick untergruben die Kampfmoral der Krieger. Als wäre es nicht genug, tauchten immer mehr wilde Reiterhorden aus dem Westen auf. Ihm blieb keine Wahl. Wenn er verhindern wollte, dass sein Sternenreich von diesem Gegner überrollt wurde, musste er sich ihnen stellen. Eine Schlacht nach der anderen gewannen die Feinde, während seine Leute an der Krankheit zugrunde gingen. Auch die Burianer auf ihren schnellen Pferden waren der Übermacht nicht gewachsen, obwohl sie erbitterten Widerstand leisteten und dem Gegner große Verluste zufügten. Prinz Woran fiel während einer Schlacht im Schwertkampf gegen vier Krieger, die ihn von allen Seiten angriffen und durchbohrten. Danach wurde sein Heer zerrieben, obwohl seine tapferen Reiter bis zum letzten Mann ausharrten.

„Majestät, wir müssen uns zurückziehen. In den unwegsamen südlichen Bergen können wir unsere Truppen sammeln und die Krankheit auskurieren. Danach greifen wir wieder an", schlug Herzog Treen vor, der ihn eines Tages allein aufsuchte.

„Dann ist das Sternenreich den Feinden schutzlos ausgeliefert." Magrow griff sich an seinen schmerzenden Kopf. Natürlich war es sinnvoll, die Truppen zu sammeln, aber ihnen blieb keine Zeit dazu. Mit jedem Tag wurde sein Heer kleiner, weil die Männer wie die Fliegen starben. „Wir dürfen auf keinen Fall unsere kranken Streiter zurück in die Dörfer schicken, dann stirbt das Sternenvolk aus", erwiderte er und blickte in das Lagerfeuer.

„Habt Ihr gehört, ob im Land der untergehenden Sonne und im Südreich ebenfalls die Seuche herumgeht?", fragte der Herzog. „Das Reich der untergehenden Sonne ist inzwischen fast entvölkert. Nur unsere Feinde werden von dieser Krankheit anscheinend verschont. Ihre Götter müssen ihnen wohlgesonnen sein." Einen Moment stockte Magrow. „Oder ihre

Schamanen verhexen die Gegner." Es kam ihm so vor, als würde sein Kopf gleich platzen. Er grübelte ja auch schon seit Stunden und fand keine Lösung.

„Vielleicht haben ihre Heiler ein Mittel dagegen?", überlegte Treen.

„Das mag sein. Soll ich mich deswegen ergeben und ihnen mein Reich überlassen?"

„Nein, auf keinen Fall", entgegnete Treen. „Das sind Barbaren. Ihre Frauen sind bei den Truppen. Der König soll mehrere Weiber haben. Sie glauben weder an die Sterne noch an die Geister wie die Burianer. Sie sind Ungläubige."

Voller Sorge dachte der König an seine Kinder. Wie gut, dass sein Sohn nicht im Feld gekämpft hatte und rechtzeitig von der Truppe weggeschickt worden war. Ryana befand sich vorläufig in Sicherheit. Trotzdem musste sie jetzt schleunigst Prinz Haarun heiraten. Bis Burani würden die Fremden nicht vorrücken und falls doch würden sie in den Sümpfen untergehen.

„Wir ziehen uns mit dem Hauptheer in die Berge zurück", befahl er dem Herzog. „Ordnet für Eure Krieger an, in das Tal der Höhlenlöwen zu flüchten. Vorsichtshalber müssen wir getrennt bleiben. Meine Truppen werden sich im Bärental verstecken. Herzog Bahil bleibt hier, beobachtet die Feinde und unternimmt aus dem Hinterhalt Überfälle. Dringen die Fremden weiter ins Land ein, werden wir sie in kleinen Gruppen angreifen."

Damit war Herzog Treen einverstanden. Schon am nächsten Tag brachen die Truppen auf, um sich in den verschiedenen Tälern zu verstecken und die Krankheit auszuheilen.

Die Nachrichten, die die Boten Ryana und Surani überbrachten, klangen nicht mehr gut. Auch hatten die Boten strikte Anweisung vom König, niemanden zu nahe zu kommen. So blieben sie vor der Burgmauer und riefen ihre Mitteilungen. Das Reich des Sonnenuntergangs war schon lange von den Feinden erobert. Bis vor Kurzem hatten die Verbündeten noch gehofft, es befreien zu können. Das Südreich suchte nach verlustreichen Schlachten sein Heil, indem es sich unterwarf. Iridin wurde von König Irus mit dem Bruder des feindlichen Fürsten verheiratet, obwohl der schon zwei Frauen hatte und im Südreich die Einehe galt. Ryana ärgerte sich über die Treulosigkeit der einstigen Verbündeten. Nicht nur verlor ihr Vater die befreundeten Kampfverbände, sondern Sigun auch noch die versprochene Partnerin, auch wenn er sie nicht sehr mochte. Vor allem die rätselhafte Krankheit bereitete ihr Sorgen. Der König hatte die Anweisung erteilt, dass niemand sein Heimatdorf verlassen durfte. Die Königsburg wurde abgeriegelt. Nur die wenigen Bediensteten, die noch da waren, und einige junge Männer, die Osun gerade ausbildete, blieben zur Verteidigung in der Burg. Im ganzen Land gab es kaum mehr wehrfähige Männer.

Die Seherin, die Ryana allein mit einer Ziege als Opfertier aufsuchte, weigerte sich, aus den Innereien die Zukunft vorherzusagen. Als sie Ryanas verzweifeltes Gesicht sah, meinte sie: „Ich habe schon alles gesehen, bevor dein Vater in den Kampf gezogen ist. Dir wird nichts geschehen, aber du musst stark bleiben. Auf dir ruht die Zukunft des Sternenreichs."

Ryana wurde flau zumute. Die Seherin hatte ihr bereits zur Geburt viel Verantwortung auf die schmalen Schultern gelegt. Aber jetzt war nicht mehr nur von der Stammmutter eines großen Geschlechts die Rede, auf einmal ging es um die Verantwortung für das ganze Land.

„Ich habe Angst, ich kann nicht für das Sternenreich sorgen. Darauf bin ich doch gar nicht vorbereitet", keuchte sie.

Sapha legte eine Hand auf ihre Schulter. „Du kannst es, es ist dein Schicksal. Die Sterne würden es dir nicht aufbürden, wenn du die Kraft dazu nicht hättest. Außerdem hast du Freunde, die dir helfen. Der Berater Surani und der alte Heerführer Osun werden dich unterstützen und auch mich kannst du um Rat fragen." Sie traute sich nicht nachzuhaken, warum die alte Seherin Mahila nicht erwähnt hatte. Ihre Großtante war klug und sie stand Ryana am nächsten.

Ihr verzweifeltes Gesicht rührte Sapha wohl. „Nach altem Sternenrecht bist du die rechtmäßige Thronerbin", fügte sie hinzu.

Verwundert blickte Ryana sie an.

„In früheren Zeiten wurde das erstgeborene Kind Herrscher oder Herrscherin über das Sternenreich." Sanft berührte sie Ryana an der Schulter.

„Aber, es regierten doch immer nur die Söhne, bis auf zwei Ausnahmen", stammelte sie.

Sapha lachte leise. „König Anrud tötete seine ältere Schwester, um auf den Thron zu gelangen, ebenso den Seher, der von dieser Tat erfuhr. Seitdem liegt ein Fluch über unseren Familien. Um die Frauen im Reich zu entschädigen, übertrug Anrud das mächtige Amt der Seher auf Frauen aus dem Herrscherhaus. Deshalb gibt es keine männlichen Seher mehr."

„Die haben doch keine hellseherischen Fähigkeiten." Verwirrt schüttelte Ryana den Kopf.

„Das wird allen seit Anruds Zeiten eingeredet", erwiderte Sapha. „Und Worte sind mächtig."

„Trotzdem bin ich nur die Zweitgeborene und …" Als sie Saphas Gesicht sah, verstummte sie. „Sag mir bitte die Wahrheit", forderte sie nach einer Weile.

„Mit dem Einschlag des Blitzes in dem alten Baum, den König Anrud einst am Ufer des Flusses pflanzte, wurdest du kurz vor Sigun geboren. Du bist die Erstgeborene. Niemand getraute sich, König Magrow zu erzählen, dass der ersehnte Thronfolger erst als zweites Kind entbunden worden war. Alle hatten Angst, dass er das Mädchen dann aussetzen würde."

Noch nie hatten Worte der Seherin Ryana so aufgewühlt und belastet. Über all das musste sie gründlich nachdenken. Sie zwang sich zu einem Lächeln und bedankte sich. Die Ziege nahm sie nicht wieder mit. Sicher kannte Sapha genug hungrige Familien.

Wenige Tage danach schreckte Ryana mitten in der Nacht schweißgebadet hoch. Vor Schmerzen wimmerte sie. Davon wachte Mahila auf und eilte sogleich zu ihr. Besorgt kühlte sie die Stirn der fiebernden Prinzessin. Als die Behandlung nicht half, rief sie Darbun zu Hilfe. Er stellte die Krankheitszeichen fest, von denen die Boten berichtet hatten. Sofort unterrichtete sie Surani.

„In der Burg und den umliegenden Dörfern ist bisher keiner erkrankt", erklärte Surani. „In den letzten Tagen ist nicht einmal ein Bote eingetroffen, der die Krankheit mitgebracht haben kann." „Ich irre mich nicht. Die Symptome sind die, von denen wir gehört haben. Das muss diese furchtbare Seuche sein." Dann empfahl Darbun Surani, alle Personen, die sich in der Nähe von Ryana aufgehalten hatten, anzuweisen, sich abzusondern, damit sie keine weiteren ansteckten. Er selbst blieb mit Mahila und Zinani in den Frauengemächern.

Mahila schickte Mägde mit einem Ochsen zu Sapha, mit der Bitte, die Sterne um Gesundung der Prinzessin anzuflehen. Als die beiden Frauen zurückkehrten, berichteten sie: „Die Seherin hat das Tier für Prinz Sigun geopfert, nicht für Prinzessin Ryana."

148

Mahila erblasste. Dann befahl sie: „Verratet es Ryana nicht. Sie wird es sofort zu deuten wissen." Danach ging sie ans Lager ihrer Großnichte, kühlte die fiebrige Stirn und sang leise Kinderlieder, um ihren Schützling zu beruhigen.

Immer beängstigendere Nachrichten erreichten die Burg. Auch in Burani drangen inzwischen Feinde ein. Es waren Völker aus dem Osten, die sich mit den westlichen Reiterhorden verbündet hatten. Sie stammten aus weit entfernten Steppen und Moorgebieten, deshalb hatten sie keine Angst vor der unwirtlichen Landschaft. Die Burianer, das nomadische Kriegervolk, leisteten ihnen erbitterten Widerstand und schafften es sogar, sie aufzuhalten. Aber der Blutzoll war hoch. Auch Haarun kämpfte jetzt an der Seite seiner Brüder gegen die Eindringlinge.

In ihrem Fieberwahn hatte Ryana nicht nur Albträume, in denen Bruder und Vater starben, sondern auch solche, in denen Haarun sich immer weiter von ihr entfernte. Es schien, als würde ein mächtiger dunkler Fluss ihn von ihr fortreißen. Wachte sie für kurze Zeit auf, wälzte sie sich vor Schmerzen und Ängste bedrängten sie. Sie hatte das Gefühl, keine Luft mehr zu bekommen. War auch Haarun vom Tod bedroht? Wem konnte sie vertrauen? Wer würde sie unterstützen, falls ihrem Vater und Bruder etwas zustieße?

Im Süden sah es nicht gut aus. Es war weniger der Gegner, der dem Heer des Sternenreichs zusetzte und es ausdünnte, sondern die Seuche. Eiligst schafften die Ältesten auf Befehl von Herzog Treen König Magrow in eine abgelegene Höhle auf dem Berg, wo sie ihn bis zum Ende der Seuche in Sicherheit hofften.

Offene Schlachten gab es nicht mehr. Die Krieger griffen die Feinde nur noch aus dem Hinterhalt an, um sich nach dem Überfall gleich wieder zurückzuziehen. Und die Burgbewohner erfuhren, was sie schon geahnt hatten. Kronprinz Sigun war schwer erkrankt.

In der folgenden Nacht wachte Ryana schreiend auf. „Sigun, Sigun, Bruder, lass mich nicht allein!", weinte sie und ließ sich überhaupt nicht trösten. Schließlich verabreichte Mahila ihr einen Schlaftrunk, den sie sich vorsichtshalber schon beim Heiler besorgt hatte.

Vier Tage später erfuhren sie, dass es für Sigun keine Hilfe gegeben hatte. Drei Tage hatte der junge Prinz unter Schmerzen im Fieberwahn gelegen und Ryana an seiner Seite gewähnt, bevor er starb. Auch Herzog Treen war erkrankt, ebenso die meisten Krieger seiner Truppe.

Tagelang war Ryana nicht ansprechbar. Ihr Fieber und die Gliederschmerzen waren schlagartig verschwunden. Dafür hielt eine tiefe Niedergeschlagenheit sie gefangen. Nur sehr langsam überwand sie den Schock, ihren geliebten Zwillingsbruder verloren zu haben.

In der nächsten Zeit lebten alle auf der Burg in Sorge um den König. Was sollten sie tun, wenn die Feinde vor der Burg auftauchten? Sie besaßen kaum noch Waffen, keine Krieger und keinen Anführer, der ihnen sagte, was zu tun sei.

Der greise Berater Surani und der alte Heerführer Osun versuchten, die Leute zu beruhigen. Aber die Untertanen trauten den beiden alten Männern nicht viel zu. Osun übte jetzt nicht nur mit den wenigen Männern, Knechte und Jugendliche, fast noch Kinder, sondern auch mit jungen Frauen, die zu ihm kamen. Sie sagten, sie wollten lieber kämpfend sterben, als vergewaltigt und anschließend brutal zu Tode gefoltert zu werden.

Aber in einem waren sich Surani und Osun einig, Prinzessin Ryana musste von all den Nöten verschont bleiben. Die Prinzessin sollte voller Hoffnung in die Zukunft blicken. In ihrer

Verzweiflung schickten Surani und Osun eine energische Magd mit der Bitte um Hilfe zu Prinz Haarun.

Ungeduldig wartete Prinzessin Mahila auf eine Antwort aus Burani. Sie spürte die Gefahr näherkommen. Das Sternenvolk hatte keine Zeit mehr zu verlieren. Die Einzigen, die weder von der Seuche noch von feindlichen Angriffen bedroht waren, waren die Bewohner des Inselreichs. Da lag es nahe, Ryanas Onkel, um Hilfe zu bitten.

„Ryana, Liebling, wir brauchen Krieger und Berater", sagte sie, als ihre Großnichte wieder einmal ohne Appetit am Tisch saß und ihren Brei stundenlang kaute.

„Woher sollen wir noch Hilfe erhalten? Alle sind geschlagen oder in schwere Kämpfe verwickelt", erwiderte Ryana kopfschüttelnd. „Wir sind verloren. Am besten bringen wir uns sofort um, dann werden wir wenigstens nicht erniedrigt und zu Tode gequält."

Mahila erschrak. „So lange man lebt, gibt es immer einen Ausweg. Versprich mir, dir nichts anzutun!", sagte sie mit fester Stimme.

„Das Versprechen kann ich dir nicht geben. Bevor ich vergewaltigt werde, bringe ich mich um. Ich hatte gehofft, dass du ein Mittel kennst, das mich sanft einschlafen lässt."

„Nein", entgegnete Mahila heftig. „Du weißt, was die Sterne dir vorhergesagt haben. Du wirst die Stammmutter eines mächtigen Fürstengeschlechts."

„Die haben sich geirrt. Oder nein! Wahrscheinlich hat die Seherin das Orakel falsch ausgelegt."

„Saphas Vorhersagen sind immer eingetreten. Mir hat sie Kinderlosigkeit prophezeit. Und deiner Mutter wurde geweissagt, dass sie nur zwei Kinder bekommen sollte", erwiderte Mahila. In Gedanken fügte sie hinzu: Und die dritte Vorhersage, tritt vermutlich gerade ein, nämlich die, dass die Frauen einst das Reich retten werden. Diese alte Weissagung, an die ihr Neffe nicht geglaubt hatte, behielt sie lieber für sich, um Ryana nicht noch mehr zu verwirren.

„Siguns frühen Tod hat sie nicht vorhergesehen. Wir konnten ihn nicht schützen", klagte Ryana. Noch immer sah sie bleich und mitgenommen aus. Ihre Haare hingen glanzlos herab, unter den Augen hatte sie dunkle Ringe.

„Sapha hat es gesehen, sich aber nicht getraut, es deinem Vater zu sagen. Mehrmals hat sie Andeutungen gemacht. Auch du hast gewarnt, wurdest aber nicht ernst genommen. Genauso haben deine Eltern die Warnung vor dem frühen Tod deiner Mutter nicht begriffen", erklärte Mahila sanft und strich Ryana über den Handrücken.

„Sie hat Sigun eine schöne Zukunft prophezeit", beharrte Ryana.

„Das hat sie nicht. Sie schwieg, denn dein Vater wollte nur Gutes hören. Sicher hätte er Sapha erschlagen, hätte sie ihm die Wahrheit verkündet. Sein Sohn sollte ein großer König werden. Alles andere akzeptierte er nicht."

In sich zusammengesunken saß ihre Großnichte eine Weile still da und starrte aus dem schmalen Fenster.

„Ryana, Liebes, wir brauchen Hilfe. Wir müssen deinen Onkel, den König des Inselreichs, darum bitten. Sein Land wurde weder überfallen, noch von der Seuche heimgesucht."

„Lässt er denn noch Fremde in sein Reich?", fragte Ryana misstrauisch. „Wir selbst haben doch sogar dem Boten des Königs den Zutritt zur Sternenburg verwehrt. Kaum vorstellbar, dass mein Onkel Menschen in sein Reich lässt, die höchstwahrscheinlich die Krankheit mitbringen."

„Wir müssen es versuchen", erwiderte Mahila mit fester Stimme.

„Es gibt ja gar keine Boten mehr", rief Ryana aus. „Die Männer kämpfen, sind krank oder tot!"

„Deshalb werde ich reisen. Ich kenne deinen Onkel und es gibt wirklich niemanden sonst, der das übernehmen könnte. Fast alle erfahrenen Männer sind beim König. Sowohl Surani als auch Osun sind zu alt für eine anstrengende Reise."

„Aber du besitzt keine Kenntnisse in Diplomatie." Offensichtlich glaubte Ryana nicht an einen Erfolg und sie hatte wohl auch Angst, ihre Großtante zu verlieren.

„Dafür kenne ich unsere Situation genau und bin in der Lage, alles eindrucksvoll schildern. Außerdem war ich sehr vertraut mit deiner Mutter. Ich werde an ihn appellieren, sich um das einzige Kind seiner Lieblingsschwester zu kümmern", entgegnete Mahila und lächelte schwach.

„Bitte bleib! Ich habe ein ungutes Gefühl. Ich will nicht alleine bleiben. Wen habe ich denn sonst noch?" Nun konnte ihre Großnichte die Tränen, die schon seit längerem in ihren Augen standen, nicht mehr zurückhalten. In Strömen liefen sie über ihre Wangen.

„Kleines, ich muss es versuchen. Und du hast immer noch Haarun. Wenn er erfährt, wie es dir geht, kommt er bestimmt. Schließlich wird er Thronfolger im Sternenreich, wenn er dich heiratet."

„Aber er ist noch nicht da, obwohl du ihm schon vor ein paar Tagen eine Nachricht geschickt hast." Ryana schwieg einen Augenblick und wischte sich das nasse Gesicht mit ihrem Ärmel ab. „Ich träume immer, wie er von mir fortgespült wird." Dann hauchte sie kaum hörbar: „Ich sehe einen Raben über deinem Kopf kreisen." Sie schluckte mühsam.

Mahila kämpfte ebenfalls mit ihren Gefühlen. „Ryana, ich könnte dir nicht helfen, wenn die Fremden tatsächlich die Burg eroberten. Ich bin kein starker Krieger, der sein Schwert für dich schwingt. Ich kann nur zur Küste reiten und mit deinem Onkel verhandeln." „Bitte, Mahila, bleib hier." Ryana umarmte ihre Großtante stürmisch, klammerte sich an sie.

„Ich bin ganz allein, wenn du gehst. Deine Reise steht unter keinem guten Stern." Als Mahila unnachgiebig blieb, schlug sie vor: „Lass mich reiten. Ich bin jung und kräftig. Die Belastung einer anstrengenden Reise halte ich viel besser aus."

Mit einem sanften Lächeln strich Mahila ihr die Haare, die sich aus dem Zopf gelöst hatten, aus dem Gesicht. „Du bist die Thronfolgerin, du musst unbedingt hierbleiben. Wenn deinem Vater etwas passiert, hängt es von dir ab, ob das Sternenreich weiter besteht oder vollständig vernichtet wird."

„Das kann ich nicht", stöhnte Ryana. Mahila konnte sich gut vorstellen, dass ihr vor Angst übel war bei dem Gedanken, allein zurückzubleiben. Noch größere Sorge bereitete ihrer Großnichte wohl die Verantwortung, die ihr aufgebürdet wurde.

„Menschen wachsen mit ihrer Aufgabe. Ryana, du bist stark, du schaffst es", erwiderte Mahila. „Morgen reite ich fort. Es gibt keine andere Lösung."

Bevor Ryana sprechen konnte, wischte sie mit der Hand die Tränen fort. Dann räusperte sie sich mehrmals. „Wer begleitet dich?"

„Zinani. Wir verkleiden uns als Männer."

„Gibt es keinen Mann oder Jungen, jemand, der mit Waffen umgehen kann?" Bittend schaute Ryana sie an.

„Leider nicht, die wenigen Jungen, die noch hier sind, müssen im Notfall die Burg verteidigen."

„Das ist doch sowieso zwecklos. Wir haben viel zu wenig Krieger."

„Sag so etwas nicht. Du weißt, dass die Sternenburg noch nie erobert wurde. Sie ist uneinnehmbar, weil sie auf dem Felsen steht." Mahila redete jetzt sehr streng mit Ryana. „Ich muss es versuchen. Du kümmerst dich als Burgherrin um die Bewohner und die Verteidigungsanlagen. Osun und Surani unterstützen dich."

Auf weitere Diskussionen ließ sie sich nicht ein. Sie eilte in die Küche und erteilte den Mägden noch einige Befehle, während Ryana Osun aufsuchte.

Aufmerksam musterte der greise Heerführer ihr verweintes Antlitz. „Welche Sorgen habt Ihr?", fragte er leise und zog sie ein paar Schritte von seinen Kämpfern fort.

„Prinzessin Mahila will im Inselreich um Hilfe bitten. Könnt Ihr meiner Großtante die Reise nicht ausreden? Es ist sinnlos. Sie wird dabei umkommen und mein Onkel wird sowieso nichts zu unserer Rettung tun. Vater hat ihn doch schon vor Monden um Beistand gebeten."

„Von Mahilas Plänen habe ich schon gehört. Prinzessin Ryana, es ist ihre Bestimmung. Ihr werdet sie nicht davon abbringen können." Müde strich er mit einer Hand über sein Gesicht.

„Aber Ihr könnt es, sie legt großen Wert auf Eure Meinung."

Ein Schatten fiel auf sein Gesicht. „Prinzessin, ich habe es schon versucht. Sie ist hartnäckig. Ich habe sogar mit der Seherin gesprochen, aber Sapha meinte nur, diese Reise wäre Mahila schon zur Geburt vorhergesagt worden. Dann hat sie Mahilas Opfer angenommen."

Bestürzt schaute Ryana ihn an. „Gibt es denn nichts, was wir tun können?"

„Ich sehe keine Möglichkeit, Prinzessin. Ihr müsst Euch jetzt auf eure Aufgabe konzentrieren und Euch um die Burgbewohner kümmern. Vielleicht fällt Euch doch noch eine Lösung ein. Versucht, mit den Nomaden zu verhandeln."

Entsetzt schaute sie ihn an. „Ihr meint, so wie der Herrscher des Südreichs es getan hat? Prinzessin Iridin ist nun die dritte Frau eines Barbaren. Auch frage ich mich, wie die

Bauern und Handwerker in den eroberten Gebieten behandelt werden?"

Osuns Gesichtszüge verhärteten sich. Da begriff sie es. Die neuen Herren waren grausam, das Volk hatte unter ihnen nichts zu lachen. Wahrscheinlich starben die Eroberten noch immer an der Seuche.

Am nächsten Morgen brachen Mahila und Zinani auf. Die Pferde, auf denen sie ritten, waren alt. Die gesunden, kräftigen Tiere waren alle auf den Schlachtfeldern. Obwohl sie die abgenutzten Sachen von Knechten trugen, würde die Verkleidung wohl kaum jemanden überzeugen. Zinani nahm man den jungen Mann vielleicht noch ab, doch ihre Tante wirkte nicht glaubwürdig. Ryana begleitete sie auf ihrer alten Stute bis zum nächsten Dorf.

„Du musst zurück, kümmere dich um dein Volk!", mahnte Mahila, als sie die erste Hütte fast erreicht hatten.

„Seid vorsichtig und vertraut niemandem!", bat Ryana. „Haltet Abstand zu jedem. Alle könnten längst krank sein und euch anstecken."

„Wir werden Acht geben, so wie du umsichtig sein wirst", erwiderte ihre Großtante mit einem Lächeln. „Du musst Kraft schöpfen - für dein Volk." Seufzend umarmte sie Mahila ein letztes Mal und dann sogar Zinani. „Pass auf meine Großtante auf und sei vorsichtig! Ich will euch wiedersehen", wisperte sie der Magd zu.

Dann ritten Mahila und Zinani weiter. Lange blickte Ryana ihnen nach - so lange, bis sie die beiden Frauen nicht mehr erkennen konnte.

In den nächsten Tagen erwachte Ryana langsam aus ihrer Erstarrung. Schließlich erkundigte sie sich bei Surani nach dem Stand der Dinge. „Wir müssen vorbereitet sein, wenn die

Feinde vor der Burg stehen!", forderte sie. Der alte Mann weigerte sich zuerst, sie zu unterrichten. Doch sie drängte nachdrücklich. „Sigun ist tot. Ob Haarun noch lebt, ist ungewiss. Wer soll regieren? Wollt Ihr es übernehmen, bis meine Kinder alt genug sind? Und was ist, wenn ich nur Mädchen bekomme?"

Es bedurfte all ihre Überredungskunst, bis er nachgab und anfing, ihr die wichtigen Dinge zu erklären. Klug wie sie war, erfasste sie die Zusammenhänge schnell. Über die Belagerung und Verteidigung von Burgen hatte ihre Großtante ihr vor langer Zeit einiges beigebracht. Umsichtig erteilte sie Anweisungen, die Bevölkerung in die Burg zu rufen. Die Leute sollten unbedingt Vorräte mitbringen. Ein paar alte Männer gingen auf die Jagd und erlegten Wild, während die Mägde und Bäuerinnen der Umgebung ausschwärmten, um essbare Pflanzen zu sammeln. Innerhalb der Burg ließ Ryana auf jeder kleinen freien Fläche schnell wachsende Kräuter, Salate und Gemüse aussäen. Auch sorgte sie dafür, dass die Zisternen gefüllt wurden.

Regelmäßig ging sie über den Burghof, sprach mit den einfachen Leuten, fällte notwendige Entscheidungen und tröstete die Menschen. Dabei fühlte sie ständig einen Druck auf ihrer Brust, denn sie sorgte sich um ihre Großtante. Sie spürte, dass sie Mahila nicht mehr wiedersehen würde. Trotz dieses Albdrucks kam sie ihren ungewohnten Aufgaben nach. Wer sonst hätte es auch tun können?

Siebzehn Tage später kämpfte sich Zinani zu Fuß den Burgberg hinauf. Ihre Kleidung war zerrissen, ihre nackten Füße waren wund gelaufen. Erschöpft brach sie vor dem Burgtor zusammen. Der Torwächter trug sie in die große Halle und ließ Ryana holen.

„Zinani, was ist passiert? Wo ist Prinzessin Mahila?", fragte sie, während Darbun sich um die vielen Wunden der Magd kümmerte. Als Antwort brach die junge Frau in Tränen aus.

„Wie weit seid ihr gekommen?", bohrte Ryana nach. Sie überlegte, ob sie sich ihr Pferd satteln lassen sollte, um ihre Großtante zu retten.

„Wir waren schon an der Küste, sind von Fischer zu Fischer geritten, doch keiner wollte uns übersetzen", schluchzte Zinani. Dabei zitterte sie wie Espenlaub. Ryana hatte Mühe, ihre undeutlichen Worte zu verstehen.

„König Nordus lässt keine Boote anlegen. Er hat Angst vor der Seuche. Schiffer, die es trotzdem versuchen, werden getötet. Prinzessin Mahila wollte nicht aufgeben, obwohl ich sie darum bat. Von Anfang an hatte ich ein schlechtes Gefühl. Es konnte nicht gutgehen. Als wir schon fast im Reich der untergehenden Sonne waren, fingen uns Fremde. Sie ritten kleine, struppige Pferde, viel schneller und ausdauernder als unsere alten Mähren. Und sie erkannten gleich, dass wir keine Männer waren. Sie zerrten uns von den Pferden, schlugen uns, rissen uns die Kleider vom Leib und …" Zinani konnte vor Schluchzen nicht mehr sprechen. Ein Weinkrampf schüttelte sie.

Darbun gab Ryana ein Zeichen, mit der Befragung aufzuhören, doch sie winkte ab. „Ich muss wissen, was mit Prinzessin Mahila passiert ist."

Ungläubig schüttelte der Heiler den Kopf. Mit zusammengepressten Lippen gab er der Magd ein paar Tropfen eines Beruhigungssuds in den Mund. Tatsächlich trat nach kurzer Zeit eine Wirkung ein und Zinanis Schluchzen wurde leiser.

„Zinani, bitte, ich will dich nicht quälen. Aber ich muss wissen, was mit meiner Großtante passiert ist." Mit diesen Worten strich sie der treuen Frau über die Wangen.

„Sie haben … sie haben das getan, was keiner Frau geschehen darf", umschrieb Zinani die schrecklichen Erinnerungen. Ryana konnte sich denken, was sie meinte. So unschuldig und behütet sie aufgewachsen war, so hatte sie doch in den letzten Monden genug von den Schandtaten der Nomaden gehört. Nicht einmal vor einer alten königlichen Prinzessin hatten sie Respekt. Ein kalter Schauer lief über ihren Rücken. Die Kunde, die sie vom Königshof des Reichs der untergehenden Sonne erreicht hatte, schien zu stimmen. Die Feinde waren keine Menschen. Sie waren reißende Tiere, nein, schlimmer noch, sie waren Bestien.

„Ich bin bei Prinzessin Mahila geblieben, obwohl ich die Gelegenheit zur Flucht gehabt hätte. Aber sie war zu schwach, um mitzukommen. Als die Männer uns noch einmal …" Wieder wurde die Magd von der Erinnerung gepackt und ein Zittern lief über ihren Körper.

Ryana nahm sie in die Arme und wiegte sie. „Es tut mir leid, was mit dir geschehen ist. Wir hätten Mahila aufhalten müssen." Jetzt weinte sie auch.

Zinani erzählte, unterbrochen von Schluchzen und Luftholen, weiter: „Noch in der Nacht ist Prinzessin Mahila gestorben. Sie hat sich gewehrt, hat die Männer getreten und gebissen. Die Kerle schlugen und schüttelten sie. Irgendwann rührte sie sich nicht mehr. Mich ließen die Männer liegen und tranken Bier. Ich war so entkräftet, dass ich mich kaum noch bewegen konnte. Als die Betrunkenen schliefen, bin ich zu Mahila geschlichen. Sie war tot. Ich konnte nichts mehr für sie tun, sie weder mitnehmen noch begraben." Wieder erstickten Tränen ihre Stimme. Erst nach einer Weile fuhr sie fort: „Ich bin geflohen, dabei konnte ich kaum noch laufen. Aber ich wollte weiterleben. Deshalb zwang ich mich, einen Schritt vor den anderen zu setzen. Als ich nicht mehr konnte, habe ich mich in einem Dorngestrüpp versteckt. Da war ich vor wilden Tieren sicher. Erst einen Tag später bin ich weitergelaufen."

Lange schwieg Ryana. Schließlich wischte sie sich die Tränen mit dem Ärmel weg. „Ich danke dir für deinen Mut. Erhol dich erst einmal. Der Heiler wird nach dir schauen. Wenn du ausgeschlafen hast, kannst du baden."

Dankbar drückte Zinani ihre Hand. Ryana stand auf und nickte dem Heiler zu. Der hielt schon einen Becher mit einem Schlaftrunk in der Hand, den er der Magd reichte.

Schon kurz vor Mahilas verzweifeltem Rettungsversuch waren zwei aus dem Rat der Ältesten aus der Burg verschwunden. Ryana wurden Gerüchte zugetragen, dass sie zum Feind übergelaufen wären und ihm die Verteidigungsanlagen der Königsburg verrieten.

Ihre Niedergeschlagenheit wuchs. Wem konnte sie vertrauen? Wer war überhaupt noch da und konnte ihr helfen? Und wie ging es ihrem Vater? Aus Burani gelangten auch nur beängstigende Meldungen in die Sternenburg. Die Buranier hatten ihre besten Krieger König Magrow zur Verfügung gestellt. Bei der Verteidigung gegen die neuen Feinde fehlten ihnen diese Männer. Deshalb wurden sie immer weiter zurückgedrängt. Einen gewissen Vorteil verschafften ihnen die vielen Moore in ihrem Land. Ihre Gegner konnten nicht so schnell vorankommen, da sie die Wege durch die Sümpfe und zwischen den Mooren nicht kannten. Immer wieder lockten die Buranier sie in Fallen, aus denen sie nicht entkamen, sodass ganze Truppen hilflos im Morast versanken.

Die Angst um die Verbündeten verschärfte Ryanas Sorgen, zumal sie keine Nachricht von Haarun erhielt. Lebte er noch? Sie sehnte sich nach seiner breiten Schulter, an die sie sich liebend gern angelehnt hätte, nach seiner freundlichen Art und seiner Zuversicht, aber vor allem nach seinem Lachen. Stand er ihr nahe genug, dass sie es spüren würde, wenn ihm etwas zustieß? Inzwischen zweifelte sie daran.

Währenddessen rückten die Feinde immer näher. Von der Burgmauer sahen sie den Feuerschein der brennenden Dörfer. Ryanas Herz blutete, wenn sie an die Untertanen ihres Vaters dachte, die nicht in die Burg geflüchtet waren.

19. Kapitel

Doch die Schicksalsschläge sollten noch kein Ende nehmen. Kaum hatten sie es geschafft, die Speisekammern und Speicher der Burg leidlich mit Nahrungsmitteln und Viehfutter zu füllen, da erschien ein Reiter. Sein Pferd war ebenso verschwitzt und erschöpft wie er selbst. Er verlangte Prinzessin Ryana zu sprechen, ließ sich vom Torwächter trotz der Seuchengefahr nicht aufhalten und schob schließlich Surani, der ihm den Weg versperrte, einfach zur Seite.

„Herrin, König Magrow ist tot." Der Bote kniete vor ihr nieder und reichte ihr den Ring der Könige.

Seit Siguns Tod hatte sie diese Nachricht befürchtet. In den letzten beiden schlaflosen Nächten hatte ein Alb auf ihre Brust gedrückt. Den Tod des Vaters hatte sie erahnt. Von einem Augenblick zum anderen musste sie die gesamte Verantwortung übernehmen. Dabei war sie doch erst fünfzehn Jahre alt. Jetzt sollte sie die Last der Krone tragen! Niemand hatte sie darauf vorbereitet. Jahrelang hatte sie sich in Gesang und Lyraspiel geübt. Feinste Stickereien entstanden inzwischen unter ihren geschickten Händen und zierten den Umhang der Seherin.

Daher zögerte sie einen Augenblick, ehe sie den Ring ergriff - den magischen Ring, der ihrem Glauben nach den Königen Macht verlieh. Und dennoch starben sie – so wie jetzt ihr Vater. Ob dieser Ring ihr wirklich helfen würde? Zitternd hielt sie ihn in der Hand und betrachtete ihn. Auf einer goldenen Platte waren der Ahnenstern, die Sterne der Seherin und des Volkes mit kleinen schwarzen Edelsteinen, die bei

Feuerschein hell leuchteten, markiert. Diese Gestirne bestimmten Leben und Zukunft des Sternenreichs, der Ring verband den König mit den Sternengöttern.

Voller Trauer dachte sie an ihren Bruder Sigun. Sein kurzes Leben lang hatte er sich im Reiten, in Schwertkampf und Bogenschießen geübt. Die letzten Jahre hatte er den Versammlungen des Ältestenrats beigewohnt, dabei vieles von den Ältesten gelernt und sich darauf vorbereitet, mit den Gesandten fremder Länder zu verhandeln. Er hatte sich auch alles Wissen über Kriegstaktik angeeignet und mehrere Sprachen beherrscht.

Doch er lebte nicht mehr. Jetzt war sie die Letzte des Königshauses. Alle erwarteten von ihr, stark zu sein. Sie musste die Krone übernehmen und für ihr Volk sorgen. Doch wie sollte ihr das ausgerechnet in dieser Notlage gelingen? „Kann nicht ein Anderer die Bürde auf sich nehmen?", fragte sie und schaute hilfesuchend um sich.

Jedoch es gab niemanden. Ihr angeheirateter Onkel, den sie selten gesehen hatte, war vor zwei Sonnen bei einem Reitunfall ums Leben gekommen. Ihre beiden Cousins waren an der Seuche gestorben.

„Prinzessin Ryana, Ihr müsst für Euer Volk stark sein, auch wenn die Trauer Euch zerreißt." Surani sah sie streng an.

„Ich wurde nicht darauf vorbereitet. Ihr selbst habt es verhindert, als meine Tante mich unterrichten wollte. Ich sollte heiraten und meinem Mann gehorchen." Nach Atem ringend hielt sie inne, versuchte die Tränen wegzuzwinkern und schaute zum Heiligtum hinüber. „Am besten schicke ich nach Prinz Haarun in Burani. Hoffentlich erreicht der Bote ihn. Mein Vater wollte, dass er für mich die Regierungsgeschäfte übernimmt."

„Er kann uns nicht mehr helfen, wenn er überhaupt noch lebt. Wir haben schon dreimal Boten geschickt und um Hilfe gebeten, aber niemand ist gekommen. Die Meldungen aus Burani sind vernichtend."

Ryana schüttelte den Kopf. „Ich kann die Bürde nicht tragen, sie ist zu schwer."

„Prinzessin, Ihr seid nicht dumm. Ihr müsst mit dem Gegner verhandeln", erklärte Surani in bestimmtem Ton.

Der alte Mann hatte recht. Sie befanden sich in einer schwierigen Lage. Das Reitervolk stand kurz vor ihrer Burg. Die Fluchtburgen und Dörfer zwischen der Königsburg und dem Reich des Sonnenuntergangs waren gefallen. Die Eroberer behandelten die Bevölkerung, die nicht an der Seuche gestorben war, grausam. Frauen wurden vergewaltigt, Männer gefoltert und getötet. Nichts war wichtiger als das Wohl ihres Volkes. Sie musste ihr Möglichstes tun, um es zu retten.

Siguns Schwiegervater hatte sie bereits vor vielen Monden verraten. Das Reich des Sonnenuntergangs war erloschen. Weder Krieger noch Verbündete waren ihr geblieben. Nur der alte Heerführer Osun und der greise Berater Surani standen an ihrer Seite. Beide hatten sie in den vergangenen Jahren nicht unterstützt, allerdings stets treu zu ihrem König gestanden. Konnte sie ihnen vertrauen? Die Zweifel drohten, sie zu zerreißen. Sie musste handeln und wusste nicht wie.

Erst einmal fastete sie, wie es sich für die Zeit der Trauer um einen Herrscher gehörte. Aber statt der üblichen sieben Tage gestattete sie sich nur drei. Die Sternengötter würden es ihr angesichts der angespannten Lage sicher verzeihen. Nach den Fastentagen stand der Mond günstig. Sie vollzog die heiligen Waschungen am Fluss, zog ihr fein besticktes Brautkleid an und ließ sich von Surani und einer Magd, die eine Ziege hinter sich herzog, zum Heiligtum auf den Nachbarberg begleiten. Osun bereitete unterdessen die Verteidigung der völlig überfüllten Burg vor.

Als der Mond am höchsten stand, betrat sie allein den Steinkreis. In der Mitte, zwischen den drei größten Stelen, erwartete sie die Seherin. Sapha zeigte keine Regung. Ryana trat zu ihr.

„Dein Vater hat die Zeichen falsch gedeutet. Ich sagte ihm zu deiner Geburt, du würdest mit deiner Heirat dein Volk erretten", erklärte Sapha.

Das erstaunte sie. Haarun sollte sie retten, obwohl er selbst so geschwächt war? Sie mochte ihn sehr und sehnte sich nach ihm, doch bisher war er nicht erschienen.

„Er versprach dich dem falschen Mann, handelte übereilt, statt zu warten, bis die Zeit reif war", fuhr Sapha fort.

Der Mond erschien zwischen den beiden äußeren großen Stelen des Kreises, gleich würde die mittlere einen Schatten bis zur Opfermulde werfen.

„Als die Sterne ihm durch mich mitteilten, dass du für den Bruder des Reiterfürsten vorherbestimmt bist, wollte er nicht hören."

„Nein", stieß Ryana entsetzt hervor. Sie sollte auf Haarun verzichten? Dabei liebte sie ihn, weil er stark, liebevoll und fürsorglich war.

„Du hast es in der Hand, dein Volk zu retten", erklärte Sapha in beschwörendem Ton.

Mittlerweile stand der Mond zwischen den inneren Steinen und beleuchtete die beiden Frauen. Die Seherin murmelte Gebete und Segensworte. Als der Mond weitergewandert war, sagte sie: „Du wirst die Stammmutter eines mächtigen Fürstengeschlechts. Verweigere dich den Sternen nicht!"

Der Sturm, der in ihrem Inneren tobte, drohte sie zu zerreißen. Sie wollte ihre Liebe nicht aufgeben und einen grausamen Barbaren heiraten. Aber konnte sie die Schuld, verantwortlich für die Qual und den Tod ihrer Untertanen zu sein, auf ihr Gewissen und ihr ewiges Leben bei den Sternen laden?

Schließlich zwang sie sich, zu nicken. Sie musste ihr Volk unbedingt retten, selbst wenn sie ihr eigenes Glück aufgab. Das war ihre Aufgabe als Königin. Für diese Pflichterfüllung krönte das Volk den Thronerben seit vielen Generationen zum Herrscher. Niedergeschlagen verließ sie den Kreis, ohne die Ziege geopfert zu haben. Sapha wusste sicher, was sie mit dem Tier anfangen konnte.

Schweigend lief sie zwischen ihren beiden Begleitern nach Hause. Als sie den Berg hinabstieg, sah sie den flackernden Schein von Lagerfeuern im Dorf am Fluss. Also standen die Feinde schon knapp vor den Toren der Königsburg. Viel Zeit blieb ihr nicht mehr. Bald darauf empfing sie in den Frauengemächern einen Jungen, höchstens zehn Jahre alt, mit einer Botschaft des Heerführers Osun. „Die Befestigungsanlagen sind alle besetzt. Uns fehlen aber Pfeile und andere Waffen. Deshalb stehen die Männer mit Messern, Äxten und Sensen bereit. Sobald die Mauern fallen, müssen wir uns in das Hauptgebäude zurückziehen. Könnt Ihr die Frauen und Kinder jetzt schon aufnehmen?"

„Natürlich, die Burgtore sind offen. Die Leute sollen nach Möglichkeit ihre Vorräte mitbringen. Wir haben nicht genug für die gesamte Bevölkerung." Insgeheim überlegte sie, die Gebrechlichen und kleinen Kinder auch in ihren privaten Gemächern unterzubringen, denn die Burg war bereits jetzt überfüllt.

Der Junge nickte, dann trat er heran und flüsterte ihr ins Ohr: „Prinzessin, der ehrenwerte Heerführer Osun bittet darum, dass Ihr Euch durch den Geheimgang in Sicherheit bringt. Wir werden die Siedlung und auch die Burg nicht lange halten können."

„Richte Osun aus, dass ich mich um alles kümmern werde", trug sie dem Jungen auf. Dann ging sie in ihre Kammer, nahm ein Bild von Sigun in ihre Hand und flüsterte: „Was würdest

166

du tun, Bruder?" Sie musste verhandeln. Aber mit wem? Und wen konnte sie als Unterhändler schicken? Im nächsten Moment klopfte es energisch an ihrer Tür. Ohne eine Antwort abzuwarten, wurde sie geöffnet und Zinani trat ein.

„Die Verteidiger haben einen Spion gefangen. Er wollte in die Burg eindringen. Was soll mit ihm geschehen? Heerführer Osun hatte Mühe, die Menschen davon abzuhalten, ihn zu steinigen. Jetzt liegt er gefesselt im Vorratskeller."

„Ich spreche selbst mit ihm." Ryana straffte ihre Schultern und richtete sich auf. Dann legte sie das Bild aus der Hand und eilte die Treppen hinunter. Ein Scharfrichter stand mit der Peitsche in der Hand neben einem Gehilfen vor dem angebundenen Mann.

„Halt, wartet!", rief sie.

„Herrin, Ihr habt doch nicht etwa Mitleid mit ihm?" Spöttisch verzog der Scharfrichter seinen Mund.

Mit einem tadelnden Blick brachte sie ihn zum Schweigen und erklärte: „Vielleicht ist er uns noch anderweitig nützlich. Wartet vor der Tür, falls ich Hilfe benötige. Wenn Berater Surani kommt, dann schickt ihn herein." Als Nächstes wandte sie sich dem Gefangenen zu und fragte: „Wie ist dein Name?" Der Mann schwieg. Sie hielt die Fackel so, dass sie sein Gesicht sehen konnte. Olivfarbene Haut, kleine schwarze Augen, dunkle Haare, eine breite Nase. Sein Aussehen jagte ihr einen Schauer über den Rücken.

„Verstehst du mich?"

Wieder schwieg der Mann.

„Du wolltest in der Nacht das Burgtor öffnen. Auf diesen Verrat steht die Todesstrafe. Aber vielleicht gibt es einen anderen Weg als Krieg. In den letzten Monden sind schon so viele Menschen gestorben. Das Töten muss ein Ende haben."

Überrascht schaute der Mann sie an. Sie unterdrückte ein Lächeln. Also verstand er sie.

167

„Ich weiß überhaupt nichts über dein Volk. Leidet ihr auch unter der Seuche oder trifft die Krankheit nur uns? Wer ist euer Anführer? Wer gehört zu deiner Familie?"

Doch der Mann blieb stumm. Er wandte den Blick von ihr ab und heftete ihn auf einen Punkt hinter ihr. Schon hörte sie die leisen schlurfenden Schritte ihres Beraters.

„Wenn wir verhandeln wollen, muss ich wissen, wie euer Anführer heißt."

Noch immer schwieg der Mann.

„Wem soll ich mich denn ergeben? Oder sollen wir uns lieber alle umbringen? Wer bestellt dann die Felder und versorgt das Vieh?", drängte sie mit leiser Stimme.

„Malchow."

„Malchow hat eine Prinzessin aus dem Reich des Sonnenuntergangs geheiratet?", fragte sie, um sich zu vergewissern.

Der Mann nickte. „Ist Malchow der alleinige Anführer?" Es kostete sie einige Mühe, ihre Ungeduld zu beherrschen.

Der Mann nickte wieder.

„Hat er Kinder?"

„Ja, sieben Söhne und eine Anzahl Töchter."

„Im waffenfähigen Alter?"

„Nein, obwohl die beiden Ältesten uns begleiten."

Nun schwieg sie einen Augenblick. Welches Volk nahm Kinder mit in den Krieg? Und einen Anführer dieser Barbaren sollte sie heiraten? „Wer ist sein Nachfolger, wenn er fällt."

„Er stirbt nicht", erklärte der Mann voller Überzeugung.

„Und wenn er krank wird?"

„Die Götter lassen ihn nicht sterben." Stolz hob der Gefangene den Kopf, seine Augen blitzten.

„Jeder Herrscher hat einen Stellvertreter, sonst wäre er kein guter Gebieter", meinte sie kopfschüttelnd.

Der Mann ballte die Fäuste und spuckte aus. Doch sie trat nur einen Schritt zur Seite.

„Hat er Brüder?"

„Ja, Brandow und Lunow."

„Welche Aufgaben haben sie?"

Der Mann wollte nicht antworten. „Dann werde ich mit unserer Priesterin sprechen. Sie kann euch verfluchen. Es wirkt nicht sofort, aber eure Kinder werden sich nicht weiter vermehren können." Das war ihr spontan eingefallen und sie hatte keinerlei Schuldgefühle, den Gefangenen mit so einer dreisten Lüge zum Reden zu bringen. Es half. Zögernd begann er zu erzählen. „Brandow führt einen Teil des Heeres an. Lunow berät seine Brüder. Außerdem sorgt er für Nachschub, Quartiere und so weiter."

„Sind die beiden verheiratet?"

„Brandow hatte schon zwei Frauen und sechs Kinder, bevor er Iridin heiratete. Lunow hat vor drei Jahren seine Frau verloren, als sein Dorf überfallen und niedergebrannt wurde. Er selbst wurde schwer verletzt von seinen Getreuen aus dem Feuer gerettet. Seitdem kann er nicht mehr kämpfen."

„Wo lagern die drei Brüder und ihre Heere?"

Dazu schwieg er wieder. In diesem Moment trat Surani in die Tür. „Du hast Angst, dass ich Mörder hinschicke. Aber ich will nur ohne Umwege mit deinen Anführern verhandeln." Ryana seufzte, fasste die Fackel fester und drehte sich um. An der Tür sagte sie über die Schulter hinweg: „Wenn wir eine einvernehmliche Lösung finden, verlässt du als freier Mann die Burg."

„Herrin, was habt Ihr vor?", fragte Surani. Doch sie antwortete nicht, bis sie die Waffenkammer erreicht hatten. Alle Räume waren überfüllt, da ihre Bediensteten die geflüchteten Frauen und Kinder auf ihr Geheiß in die privaten Kammern gebracht hatten.

„Wir haben keine Wahl, wir müssen verhandeln. Die Seherin hat meinem Vater vorhergesagt, dass ich einen der Reiterprinzen heiraten und ein mächtiges Geschlecht gründen werde." Grübelnd schaute sie aus dem Fenster.

Der Berater sah sie mit großen Augen an. „Euer Vater hat etwas Ähnliches gesagt, doch er dachte, Haarun wäre gemeint."

„Nein, die Seherin ist verärgert, weil ihre Weissagung missverstanden wurde." Innerlich seufzte sie und ballte die Hände. Da hatte sie sich mit der Heirat mit Haarun abgefunden, ihn sogar liebgewonnen und nun sollte sie einen ganz anderen ehelichen. Einen Feind!

„Jetzt sucht Ihr den Richtigen?", vermutete Surani.

„Was bleibt mir denn übrig?" Sie war verzweifelt, doch es gab anscheinend keinen anderen Weg, ohne die Sterne zu verärgern und ihr Volk zu verraten. „Ich werde aber nicht die dritte oder vierte Frau." Mit diesen Worten straffte sie sich. Nachdem sie eine Entscheidung getroffen hatte, konnte sie wieder freier atmen.

„Dann bleibt nur Lunow", murmelte Surani und strich sich mit der Rechten über das schüttere Haar.

„Wie kann ich mit ihm verhandeln?"

„Wir werden einen Boten schicken."

„Der wird gleich ermordet." Von ihrem Vater hatte sie erfahren, dass mehrere seiner Unterhändler von den Reiterhorden beseitigt worden waren.

„Unzivilisiert und grausam sind sie. Ihr wollt wirklich einen der Barbaren heiraten?" Mitleidig blickte der alte Mann sie an.

„Wir haben keine Wahl." Angst legte sich wie ein Schleier über Ryana. Doch sie musste unbedingt ihr Volk retten. An ihr eigenes Wohlergehen durfte sie nicht denken.

„Ich werde gehen", erklärte Surani zögernd.

„Wenn Ihr getötet werdet, habe ich keinen Berater mehr." Das Grauen schnürte ihr die Kehle zu.

„Wie Ihr selbst gesagt habt, uns bleibt keine Wahl mehr."

„Lunow scheint der Klügere der Brüder zu sein", murmelte sie.

„Das vermute ich auch."

Schweigend führte sie den alten Mann durch die Burg in die unterirdischen Gewölbe. Dort befand sich der Zugang zu den Zisternen. Selbst hier unten saßen alte Frauen, junge Mädchen und Kinder, während die Männer, auch die alten, die kaum noch laufen konnten, auf der Burgmauer standen, um ihre Familien zu verteidigen. Sogar viele kräftige junge Frauen hatten sich dort postiert. Zu groß war die Angst vor den Reiterhorden.

Ryana schloss einen Kellerraum auf, in dem Vorräte lagerten. Hinter einem großen Tongefäß entfernte sie einen Steinquader mit einer Stange. Knirschend rutschte er zur Seite. Sie reichte dem Berater eine Fackel. „Folgt dem Gang! An der tiefsten Stelle teilt er sich. Nehmt die rechte Abzweigung, die führt Euch zur Fischerhütte am Fluss. Dort lagern die Feinde. Lasst Euch nicht erwischen." Kurz entschlossen streifte sie den Ring ihres Vaters vom Finger. „Weist euch damit als Bote aus. Versprecht ihnen, dass ich Lunow heiraten werden, wenn sie die Kämpfe einstellen. Viel Glück."

„Und wenn …"

Energisch unterbrach sie ihn. „Wir haben nur diesen einen Versuch."

Vorsichtig tastete sich der Alte an der Wand des Ganges entlang, während sie den Zugang wieder verschloss. Dann rief sie die Sterne an, ihm den Weg zu weisen und ihn zu behüten.

Anschließend lief sie die Burgmauer ab und sprach mit den Wachen. Hier standen abwechselnd alte Männer und jüngere

Frauen mit Stöcken und Werkzeugen bewaffnet. Nur wenige verfügten über Schwerter und Lanzen. Alle waren unerfahren und schauten ängstlich. Das Tor wurde von kräftigen Jungen und Knechten bewacht. Hier standen auch zwei Bogenschützen.

„Herrin, bringt Euch in Sicherheit!", drängte ein alter Mann besorgt.

„Ich werde einen Weg finden, uns alle zu retten", erwiderte sie und bemühte sich, Zuversicht auszustrahlen, um ihre Leute zu trösten. Dann ging sie zu dem Weg, der den Berg hinabführte. Dunkel und still lag er vor ihr. Die Männer, die oberhalb des Pfades kauerten, um bei einem Angriff die aufgehäuften Steine auf den Weg zu werfen, waren nicht zu sehen. Hoffentlich blieb es noch lange so ruhig. Auch im Lager der Feinde schien alles still. Sie betete, dass Surani Erfolg haben möge. Ein paar Schritte lief sie den Weg entlang.

„Die Sterne sind mit uns!", ermunterte sie die Verteidiger.

„Die Sterne haben uns verlassen", murmelte ein gebeugter grauhaariger Mann.

„Nein, gestern habe ich das Heiligtum besucht. Die Seherin hat mir einen Ausweg gewiesen. Ich habe schon jemanden geschickt, um alles zu veranlassen."

Obwohl sie selbst Zweifel am Erfolg hatte, richtete sie die Leute mit ihren Worten auf. In Windeseile sprach es sich herum, dass die Seherin die junge Königin beraten hatte. Alle lobten und priesen die Sterne.

„Ihr solltet schon längst in Sicherheit sein", wies Osun sie zurecht, als er sie abfing.

„Es gibt keine Sicherheit mehr. Unsere Verbündeten haben sich mit den Reiterhorden zusammengetan. Wir müssen verhandeln und genau das versuche ich. Die Seherin hat es mir geweissagt." Um ungestört sprechen zu können, entfernten sie sich einige Schritte von den Verteidigern. „Die Sterne haben schon zu meiner Geburt den Weg gewiesen." Im Flüsterton klärte sie Osun über die Geschehnisse der letzten Stunden auf.

„Unser Feind soll der prophezeite Reiterfürst sein? Den Anführer sollt ihr heiraten? Als vierte Frau? Das ist eine Sünde", sagte er und es klang erzürnt.

„Einer der Brüder ist unverheiratet. Vielleicht ist das die Lösung."

„Ob der Jüngere so großen Einfluss hat?" Aus Osuns Stimme sprachen Zweifel.

„Es genügt, wenn er König Malchow davon abhält, alle umzubringen und alles zu verwüsten. Das Land seines Bruders wird er nicht überfallen. Er will doch sicher keinen Bruderzwist heraufbeschwören."

Der alte Mann nickte. „Es könnte klappen. Aber was wird mit Haarun?"

Bevor sie antworten konnte, musste sie den Kloß in ihrem Hals hinunterwürgen. „Meine Großcousine wird ihn heiraten. Es gibt keinen anderen Weg." Tapfer kämpfte sie gegen die Tränen, denn erst jetzt wurde ihr bewusst, wie sehr sie Haarun liebte. Dabei kannte sie ihn noch gar nicht so lange. An seiner Seite wäre sie zufrieden, vielleicht sogar glücklich gewesen.

20. Kapitel

Als am nächsten Morgen die Sonne aufging, wuchs die Unruhe unter den Verteidigern der Burg. Alle erwarteten jeden Augenblick den Angriff der Reiterhorden. Doch der blieb aus. Daher hoffte Ryana, dass Suranis Mission erfolgreich verlaufen war. Tatsächlich erschien der Berater gegen Mittag in ihrer Kammer. Für den Rückweg hatte er wieder den Geheimgang benutzt.

„Ich hatte Glück", berichtete er. „Bis auf ein paar Wachen war das Lager verlassen. Nur Lunow saß im Königszelt und sortierte Heilmittel. Er hat mich angehört und ist bereit, mit Euch zu verhandeln."

„Was ist mit seinem Bruder?"

„Lunow war sich sicher, Malchow von einer Waffenruhe überzeugen zu können. Da sie noch nicht angegriffen haben, gehe ich davon aus, dass er Erfolg hatte."

Ryana schauderte. Was, wenn sie den Ring umsonst aus der Hand gegeben hatte? Die Sterne würden ihr einen Fehler nie vergeben. Auf ewig wäre sie verflucht und hätte keinen Zugang zu den heiligen Stätten. Aber auch wenn ihr Handeln Wirkung zeigte und ihrem Volk nützte - wie würde es ihr ergehen? Vor diesen unheimlichen, grausamen Fremden hatte sie Angst.

„Lunow ist sicher ein besserer Gemahl als seine Brüder." Der Alte schien ihre Gedanken lesen zu können. „Er ist klug. Ein Diener vertraute mir an, dass er schon als Kind ganz anders gewesen ist."

Das tröstete sie ein wenig. So oder so, das Schicksal hatte ihr einen harten Weg gewiesen. Selbst eine Flucht in Haaruns Arme wäre nur ein Aufschub. Die Reiterhorden würden mit Unterstützung der östlichen Nomaden auch Burani zerstören, wenn es ihr nicht gelang, sie zu stoppen.

Sie dankte Surani. „Ruht Euch aus. Ich muss erst einmal über alles nachdenken, bevor ich mich entscheide." Dann flüchtete sie zu den Hunden ihres Bruders, die sie freudig begrüßten. Wie gerne wäre sie jetzt mit der Hundemeute ausgeritten, statt untätig warten zu müssen. Besorgt schaute sie zum Heiligtum auf dem Berg. Sie hatte dafür gesorgt, dass Sapha gewarnt war. Der Seherin durfte nichts geschehen. Aber die heilige Frau hatte es vorgezogen, allein bei der Opferstätte zu bleiben. „Die Sterne werden mich beschützen", hatte sie Zinani erklärt.

Kurz vor Sonnenuntergang kam eine Magd herbeigeeilt. „Ein Unterhändler steht vor dem Tor und verlangt, die Königin zu sprechen", rief sie atemlos.

„Er soll zu mir kommen."

„Der Mann hat den Auftrag, seine Botschaft der Königin Ryana persönlich zu übermitteln, aber die Burg nicht zu betreten", erklärte die Magd und machte ein unglückliches Gesicht.

Ergeben nickte sie und folgte der Frau. Vor dem Burgtor stand ein dunkelhaariger Mann von gedrungener Gestalt. Ihre Verteidiger waren auf der Burgmauer auf der Seite des Tores zusammengerückt. Gut sichtbar hielten sie ihre Lanzen und Bögen, um Eindruck zu schinden.

Gemessenen Schrittes trat Ryana in das Tor und blieb dort stehen. Dank dem Gefälle des Weges, der bewusst nicht abgeflacht worden war, um etwaige Angreifer in eine ungünstigere Position zu bringen, überragte sie ihn. „Du wünschst?", fragte sie kühl und blickte auf ihn herab.

„Mein Herr, König Malchow, wünscht, mit Euch zu verhandeln."

„Dein Herr kann kommen, das Gastrecht ist uns heilig", erwiderte sie.

„Nein, Ihr sollt König Malchow aufsuchen." Finster blickte der Mann sie an.

Ratlos sah Ryana sich nach ihren Getreuen um.

„Es ist eine Falle. Bleibt hier!", warnte Osun.

„Was kann uns noch passieren?", erwiderte sie und hörte selbst, wie spöttisch es klang. „Betet für mich!" Dann ließ sie sich von einer Magd ihren aufwendig bestickten Umhang reichen und folgte dem Boten ohne Begleitung. Ein Stück weiter unten warteten zwei Pferde. Bewundernd musterte sie die Tiere. Selbst die besten Rosse ihres Reichs waren nicht halb so viel wert wie diese beiden. Auch die buranischen Pferde waren nicht so edel. Ohne Hilfe stieg sie auf und ritt an der Seite des Fremden in das Lager der Reiterhorden. Auf einer Wiese am Ufer des Flusses stand Zelt an Zelt. In der Mitte befand sich ein großes Prunkzelt, geschmückt mit Wimpeln. Dorthin führte der Mann sie. Zwei Knechte eilten herbei und nahmen die Zügel.

Kaum war sie vom Pferd gestiegen, da öffnete sich der Zelteingang und drei Krieger traten heraus - kleine dunkelhaarige Männer, kaum größer als sie. Dennoch strahlten sie geballte Kraft und Macht aus. Der vordere trug eine prachtvoll bestickte Jacke und Mütze. Der dritte Mann humpelte mühsam hinterher. Sein Gesicht war von Narben entstellt, ein Arm hing herab. Um ihr Erschrecken nicht zu zeigen, musste Ryana ihre ganze Selbstbeherrschung aufbieten. Leicht neigte sie den Kopf. Der Mann neben ihr warf sich der Länge nach auf den Boden.

„Erweist du so dem König deine Ehrfurcht?", fauchte der Mann, der als zweiter das Zelt verlassen hatte, sie an.

„Wir sind freie Menschen. Bei uns wirft sich niemand zu Boden, weder vor dem König, noch vor der Seherin", erwiderte sie gelassen, obwohl ihr das Herz bis zum Hals schlug. Trotzig warf sie den Kopf in den Nacken. Ihr langes Haar flog nach hinten. Voller Wut warf sie dem Sprecher einen bösen Blick zu. Der Verkrüppelte lachte leise.

„Sei still", zischte der Herrscher seinen Bruder an.

„Nicht jeder kriecht vor dir", erwiderte Lunow leise. Seine Augen funkelten vergnügt.

Da fiel ihr erst auf, dass sie die Männer verstand. Sie sprachen wohl in ihrer Muttersprache, doch es ähnelte dem Buranischen. Malchows Hand fuhr zum Messer am Gürtel.

„Du wirst doch keinen Brudermord begehen?", meinte Lunow spöttisch.

Unwillig zog Malchow seine Hand zurück. „Nur, weil ich es unserer Mutter versprochen habe."

„Du musst zugeben, dass es dir von Nutzen war. Ohne uns wärst du nicht so erfolgreich", sagte Brandow, der mittlere Bruder, der dem Fürsten sehr ähnlich sah.

Malchow knurrte etwas Unverständliches. Trotz der gefährlichen Lage amüsierte sie sich. Kurz überlegte sie, dann drehte sie sich nach dem Pferd um.

„Willst du gehen?", fragte Malchow.

„Ich wüsste nicht, was ich hier zu suchen habe."

„Entschuldigt bitte. Seid unser Gast", sagte Lunow und deutete auf das Zelt.

Hinter Malchow und Brandow trat sie ein. Lunow blieb am Eingang und wartete auf sie. Als sie an ihm vorbeiging, entdeckte sie den Königsring an seiner linken Hand. Seine Rechte war verformt und vernarbt. Damit konnte er weder ein Schwert führen, noch einen Zügel halten. Sein Äußeres war abstoßender als das seiner Brüder, noch schlimmer als sie erwartet hatte. Dafür benahm er sich erheblich anständiger.

177

Kam es nicht darauf an? Würde sie mit ihm leben können? Angst schnürte ihr die Luft ab. Trotzdem bemühte sie sich, einen gelassenen Eindruck zu machen.

Drinnen setzten sie sich auf Kissen um einen kleinen Tisch. Frauen reichten gefüllte Trinkschalen und Brot. Sie wartete, bis die Männer etwas zu sich nahmen, dann erst aß auch sie.

„Warum hast du einen Boten geschickt?", fragte Malchow, nachdem sie gegessen hatten.

„Ich will diesem Blutvergießen ein Ende setzen." Sie zwang sich, ihm ruhig in die Augen zu schauen.

„Ihr wollt Euch ergeben?"

„Ich will ein Abkommen mit Euch treffen. Ich will nicht, dass noch mehr meiner Untertanen in diesem Krieg sterben." Rasch ließ sie ihren Blick zu seinen Brüdern schweifen. Beide saßen mit versteinerten Gesichtern auf ihren Kissen.

„Das hätte Euer Vater auch bedenken können", erwiderte Malchow höhnisch.

Wieder lief ihr ein Schauder über den Rücken. Verzweifelt versuchte sie, sich ihren Widerwillen und ihre Angst nicht anmerken zu lassen. Zum ersten Mal war sie für die strenge Erziehung, die sie Beherrschung gelehrt hatte, dankbar. „Seit damals ist viel geschehen. Ihr habt die Hälfte des Landes erobert, die Verbündeten meines Vaters haben ihre Töchter mit Euch und Eurem Bruder verheiratet. Aber wir verfügen noch über weitere Bundesgenossen und Ländereien."

„Eure Krieger sind tot."

„Die Burg ist bemannt. In den fernen Provinzen warten Kämpfer, die wir so schnell nicht heranholen konnten."

„Eine schwache Frau", murmelte Malchow abfällig.

„Hat schon manchen starken Mann besiegt." Freundlich lächelte sie ihn an.

Wieder lachte Lunow leise. Ihm schien es zu gefallen, dass sie so mutig auftrat.

„Wir Weiber kämpfen mit anderen Mitteln. Die Frauen meiner Familie verfügen über übersinnliche Fähigkeiten, die Euch schaden könnten. Aber ich will nur meine Untertanen beschützen." Stumm bat sie die Sterne um Unterstützung und gleichzeitig um Verzeihung für ihre dreisten Lügen.

„Wie stellst du es dir vor?" Verächtlich zog Malchow die kräftigen Brauen hoch. Auch Brandows Blick ließ sie frösteln. „Ihr besitzt schon so viel Land und habt drei Frauen. Was ist aber mit euren Brüdern?", erwiderte sie. „Wie werden sie für ihre Hilfe belohnt?"

Malchow reckte seine Brust nach vorne. „Sie sind mächtig und reich."

„Aber sie sind keine Fürsten, sondern dienen Euch als Vertraute, Heerführer und Verwalter."

„Und ihr wollt einen von ihnen ehelichen?", fragte er spöttisch.

„Mir wurde berichtet, dass Euer jüngster Bruder unverheiratet ist." Sie hatte Mühe, ihre Aufregung zu verbergen. Von diesem Abkommen hing so viel ab.

„Seine Frau wurde ermordet." Malchows Augen funkelten dunkel.

„Jetzt ist er frei. Nach unserem Recht kann er wieder heiraten. Ist es bei Euch nicht so?"

Malchow nickte als Antwort. „Ihr würdet ihn nehmen?", fragte er lauernd. „Ich bin bedeutender und mächtiger. Auch sehe ich besser aus. Ich bin kein Krüppel."

„Doch ich bin die Königin des Sternenreichs und niemandes Nebenfrau." Ryana streckte sich und schaute ihn verächtlich an. Dann drehte sie sich zur Seite und blickte Lunow direkt in die schimmernden Augen. „Ich werde Euren Bruder aber nur unter der Bedingung ehelichen", fuhr sie fort, „dass sämtliche kriegerischen Auseinandersetzungen sofort auf-

179

hören und das Sternenreich selbständig bleibt. Auch erwarte ich, dass ihr uns bei der Bekämpfung der Seuche helft."

„Ihr bleibt Königin und er ist Euer Mann?", fragte Malchow. Es klang drohend.

Sie schluckte. „Was sonst schlagt Ihr vor?"

„Mein Bruder wird Fürst dieses Landes und ich bin sein Lehnsherr."

Energisch schüttelte sie den Kopf. „Was sagt Ihr dazu, Lunow?"

„Wenn ich Euch zur Frau nehme, werde ich König und bin niemanden, weder Euch, Ryana, noch dir, Malchow, Rechenschaft schuldig."

Malchow schwieg und warf ihr wieder einen lauernden Blick zu.

„Dürfen meine Untertanen so leben wie bisher? Dürfen sie ihr Land bewirtschaften und ihr Gewerbe ausüben? Dürfen sie weiter an die Sterne glauben? Bleibt unsere Seherin geachtet und geschützt?"

„Ja." Ohne seinen Bruder anzusehen, hatte Lunow geantwortet.

Malchow schluckte. „Werden unsere Kinder das Sternenreich erben?", fügte sie an Malchow gewandt hinzu.

„Ihr seid schlau. Dabei hieß es, Ihr wärt nur in den weiblichen Künsten bewandert", mischte Brandow sich ein. Dann drehte er sich zu seinen Brüdern um. „Ich bin dafür, Malchow. Je größer ein Reich ist, desto schwerer lässt es sich kontrollieren. Wenn du die Königin umbringst, werden sich ihre Anhänger in unwirtliche Regionen zurückziehen und uns später überfallen."

„Dein jüngerer Bruder erhält ein Königreich und du bist damit einverstanden?", meinte Malchow daraufhin.

„Ich nehme mir das Land meiner Frau."

Um sich nicht zu verraten, senkte sie den Blick. So würde der Bruch des Bündnisses bestraft werden. Der verräterische Irus, der seine Tochter Iridin einst Sigun versprochen hatte, wurde entmachtet.

„So soll es sein", bestimmte Malchow.

Sie trafen noch weitere Vereinbarungen. Die Hochzeit sollte nach Malchows Vorstellung schon am nächsten Tag stattfinden.

„Damit die Ehe bei uns gültig ist, muss sie in unserem Heiligtum geschlossen werden. Die Seherin wird den Zeitpunkt bestimmen, um die Gnade der Götter sicherzustellen", verlangte Ryana. „Dazu ist es nötig, dass wir wertvolle Tiere opfern."

Lunow erklärte sich damit einverstanden und überredete seinen Bruder zuzustimmen. Offensichtlich war ihm am Wohlwollen der Bevölkerung des Sternenreichs gelegen.

„Sie sehen uns als Feinde. Wenn ich jetzt nur nach unseren Sitten heirate, werden sie mich nie anerkennen und selbst unsere Kinder nicht als rechtmäßige Thronfolger achten. Sie werden vermuten, dass ich ihre Königin zur Ehe gezwungen habe."

Zum Glück stimmte Brandow ihm zu und Malchow gab schließlich nach.

Gemeinsam mit Lunow und einem Diener ritt sie daraufhin zum Heiligtum. Wie sie erwartet hatte, stand Sapha schon an den großen Stelen und schaute ihnen entgegen. Ryana begrüßte sie und Lunow verneigte sich zu ihrer Überraschung tief vor der Seherin.

„Wann ist der günstigste Zeitpunkt für eine Eheschließung?", fragte Ryana.

„Am Morgen nach dem Vollmond, sobald die ersten Strahlen der Sonne ins Heiligtum fallen. Dann werde ich die Sterne um Beistand bitten und euch verheiraten." Aufmunternd lächelte Sapha ihr zu. Erleichtert atmete sie auf. Dann war Lunow wirklich der vorhergesagte Gatte. Diese Last wurde ihr also von den Schultern genommen. Sie hoffte, dass er freundlich zu ihr sein würde und sie sich mit Hilfe der Sterne mit der Zeit an seine entstellte Gestalt gewöhnen könnte.

Als sie zurückritten, meinte Ryana: „In drei Tagen ist Vollmond. Die Zeit ist knapp, trotzdem sollten wir ein kleines Fest vorbereiten." Sie dachte an ihren Vater und ihren Bruder. Es hatte keine Trauerfeierlichkeiten gegeben, daran konnte sie nichts mehr ändern. Das Sternenvolk brauchte Hoffnung und etwas Fröhlichkeit. Dazu wäre ein Fest genau richtig. Sie beschrieb Lunow, wie Hochzeiten bei ihnen gefeiert wurden. Er hörte aufmerksam zu, stellte ab und zu Fragen.

„Es ist wichtig, dass dein Volk mich anerkennt. Nicht nur für mich, sondern auch für dich", meinte er und versprach, für die Feierlichkeiten zu sorgen. Da er sie duzte, schien er sie wirklich als seine Partnerin zu betrachten.

„Ich habe noch eine große Bitte vor unserer Hochzeit", sagte sie leise.

„Und die wäre?"

„Meine Großtante ist am Meer an der Grenze zum Reich der untergehenden Sonne gestorben. Ich würde sie gern begraben."

„Wenn du mir den Ort beschreibst, werde ich versuchen, sie zu finden." Vor der Königsburg stieg er mühsam vom Pferd, schwerfälliger als im Heiligtum. Sein Gesicht war angespannt. Hatte ihn der Ritt dermaßen angestrengt? Besorgt musterte sie ihn.

„Ich bin nur ein Krüppel. Aber du wolltest lieber mich als einen meiner gesunden Brüder", stieß er hervor. Seine Stimme klang hart.

„Ich bin Königin, ich kann nicht nur eine Nebenfrau sein. Mein Volk würde das nie anerkennen und meine Ehre lässt das nicht zu", gab sie schnippisch zurück. Dann fügte sie sanfter hinzu: „Gib mir bitte Zeit. Es ist so viel Schreckliches passiert. Ich hatte weder Zeit noch Gelegenheit, um Bruder, Großtante und Vater zu trauern." Sie schluckte und versuchte, ihre Tränen zurückzudrängen.

Besänftigend legte er ihr eine Hand auf den Rücken. „Wir werden es schaffen. Auch ich trauere noch immer um meine Frau und mein Kind, die ich sehr geliebt habe. Vielleicht können wir miteinander zurechtkommen und zufrieden leben."

Erleichtert nickte sie. „Die Sterne haben meinem Vater zu meiner Geburt gesagt, dass ich mit einem Reiterfürsten ein mächtiges Geschlecht begründen würde. Damals deutete er die Prophezeiung falsch. Heute hat uns die Seherin zugenickt, also bist du der Gemahl, der für mich vorhergesagt wurde." Dann wandte sie sich an eine Magd und befahl ihr, Zinani zu holen.

Neugierig schaute Lunow sich um. „Ihr seid noch sehr wehrfähig", meinte er mit einem Grinsen.

„Es kommt nicht auf die Anzahl der Krieger an, sondern auf ihren Kampfwillen", erwiderte sie.

Das löste bei ihm einen Lachanfall aus. „Greise und Frauen! In welcher Provinz habt ihr Eure Reserven versteckt?"

Ängstlich schaute sie ihn an. Ihr Herz schlug heftig. Würde er jetzt, nachdem er die Wahrheit kannte, die Vereinbarungen rückgängig machen?

„Ich bin zufrieden, König dieses Landes zu werden und so eine schöne Frau zu heiraten", beruhigte er sie.

Zinani erschien in der Tür, traute sich aber nicht in den Hof, obwohl Ryana sie zu sich winkte.

„Sehr gehorsam sind deine Leute nicht", murmelte er. „Das werde ich ändern."

Zornig fuhr sie zu ihm herum. „Wenn eure Männer sie nicht geschändet und gefoltert hätten, wäre sie auch nicht so ängstlich. Nicht vor mir scheut sie zurück, sondern vor Euch!"

Offensichtlich erschrocken über ihre Heftigkeit schaute er sie mit großen Augen an. „Bei uns ist solches Verhalten verboten", erklärte sie. „Auch in der Ehe hat der Mann sein Weib zu achten und gut zu behandeln."

„Ich muss wohl noch viel lernen, wenn ich hier leben will", murmelte er.

Ryana nickte, dann wandte sie sich wieder ihrer Dienerin zu, die sich langsam näherte. „Zinani, kannst du bitte beschreiben, wo du Mahila zuletzt gesehen hast? Ich möchte ihren Leichnam nach Hause holen und bei den Königsgräbern bestatten." Beruhigend legte sie der Magd einen Arm um die Schultern. Stockend erklärte Zinani, wo der Angriff der Männer stattgefunden hatte.

„Ich werde versuchen, die Prinzessin zu finden. Sie soll eine würdige Grabstätte erhalten", versprach Lunow. Anschließend verabschiedete er sich von Ryana. Dann bemühte er sich, aufs Pferd zu steigen. Einen jungen Knecht, der ihm helfen wollte, fuhr er böse an. Erschrocken sprang der Bursche zurück und blickte fragend zu Ryana, die unauffällig abwinkte.

„Alles in Ordnung", sagte sie, als Lunow die Burg durch das Tor verlassen hatte. „Bei seinem Volk herrschen andere Sitten und ein rauer Umgangston." Sie lächelte und dachte: Er ist unser Retter.

Im Saal rief sie nach Osun, Surani und den Ältesten. Ohne Umschweife berichtete sie ihnen von der Vereinbarung.

„In drei Tagen schon!", stellte Surani fest. „Das reicht nicht, eine würdige Hochzeit vorzubereiten."

„Lunow hat versprochen, zu helfen. Er wird sich mit Euch beraten, er besorgt auch die Speisen und die Opfergaben. Wir alle haben sehr gelitten, eigentlich trauern wir noch und unsere Vorräte gehen zur Neige."

Die Männer nickten zustimmend.

„Ihr opfert Euch", sagte Osun und seufzte. „Meint Ihr, dass Ihr mit ihm zusammenleben könnt?", fragte er misstrauisch.

„Es ist der Wille der Sterne. Ich würde nicht glücklich werden, wenn ich mich dem widersetzte." Einen nach den anderen schaute sie die Männer an. „Wir waren zusammen im Heiligtum. Sapha ist mit der Eheschließung einverstanden. Lunow ist wirklich der mir bestimmte Reiterfürst."

„Aber Haarun?", entfuhr es einem gebeugten grauhaarigen Greis.

„Da hat sich mein Vater geirrt", murmelte sie. Ihr Herz schmerzte. Sie liebte ihn, aber ihr Volk und der Fortbestand ihrer Familie waren wichtiger als ihr eigenes Glück.

„König Magrow wollte zur Geburt der Zwillinge nur etwas über seinen Sohn und Thronfolger hören", erklärte Osun. „Aber da sagte die Seherin nicht viel. Bei der Vorhersage für die Prinzessin war der König unaufmerksam."

Surani zog seine weißen Augenbrauen hoch. „Ich habe nur gehört, dass Prinzessin Ryana Schicksalsschläge erleiden und einen Reiterfürsten heiraten würde."

„Die Seherin fügte noch hinzu, dass sie Stammmutter eines großen Geschlechts werden und dem Sternenreich Segen bringen würde."

„Und Haarun ist nicht dieser Reiterfürst?", fragte Surani ungläubig.

„Die Seherin hat ihn nicht als den richtigen Gemahl erkannt. Deshalb hat sie versucht, die Hochzeit aufzuschieben. Der Fürst kann uns auch nicht mehr helfen. Die Burianer kämpfen selbst ums Überleben", erwiderte Osun.

„Seit Jahren schon ist Haarun mit Euch verlobt", sagte Surani. „Sie hat den Tag der Eheschließung weit in die Zukunft gelegt mit der Anweisung erst im Jahr der Krötenwanderung zu heiraten", erklärte Osun. „Das ist aber in achtzehn Jahren. König Magrow muss es mit dem Jahr der Schildkröten verwechselt haben, sonst wäre es ihm aufgefallen."

„Dann kann sie auch Lunow nicht ehelichen." Der Berater wirkte hoffnungsvoll.

„Wir haben mit Sapha den Morgen nach dem Vollmond für die Heiratszeremonie vereinbart", mischte sich jetzt Ryana ein.

„Eben, Sapha hat damals nur versucht, die Hochzeit weit nach hinten zu schieben, ohne König Magrow zu sehr zu verärgern. Er war doch nah dran, sie zu ermorden." Um die anderen an den Vorfall zu erinnern, griff Osun sich an die Schulter, die der König verletzt hatte. Noch immer konnte er sie nicht richtig bewegen.

Eine Weile schwiegen die Männer und dachten über alles nach.

Schließlich räusperte sich Surani. „Herrin, Ihr habt recht, es gibt keinen anderen Weg, Euer Volk zu retten. Lunow scheint ein kluger Mann zu sein. Womöglich ist er bereit, die hiesigen Gebräuche zu dulden. Wir können uns glücklich schätzen, wenn Ihr Euch opfert und ihn heiratet. Aber was ist mit Haarun? Wird er uns überfallen, um zu fordern, was ihm versprochen wurde?"

Mutlos zuckte sie mit den Achseln. „Ich weiß es nicht. Wie wir alle muss er sich dem Schicksal und den Sternen fügen."

Dann nickte sie den Männern zu, befahl Surani noch einmal, sich um die Feierlichkeiten zu kümmern und suchte ihr Gemach auf. Sie war völlig erschöpft und wollte endlich schlafen.

In ihrer Kammer, die sie sich mit Zinani teilte, wartete ein Knecht in zerlumpter Kleidung. Er schaute aus dem Fenster in den Hof. Sie wollte ihn schon zurechtweisen, als er sich umdrehte und sie Haarun erkannte. Ihr Herz machte einen Sprung. Voller Freude strahlte sie ihn an, nur um einen Augenblick später traurig den Kopf hängen zu lassen.

„Stimmt es, dass du den Barbaren heiraten willst?", fragte er harsch. „Ich habe die Feinde in ihrem Feldlager belauscht, als ich vorbeischlich."

Stumm nickte sie.

„Du bist mir versprochen! Erinnerst du dich? Du wolltest mich rufen, wenn du in Schwierigkeiten steckst."

Endlich schaute sie ihn an. Tränen standen in ihren Augen. „Wieder und wieder haben wir um Hilfe gebeten. Keiner ist gekommen. Als es hieß, dass die Burianer selbst Schwierigkeiten haben, sich der Feinde aus dem Osten zu erwehren, ist Mahila aufgebrochen, um Hilfe von den Inseln zu erbitten. Dabei ist sie ermordet worden. Zinani, die sie begleitet hat, kehrte in einem schlimmen Zustand zurück und berichtete uns davon. Das Sternenvolk stirbt an dieser Seuche und die, die noch nicht todkrank sind, verhungern. Was soll ich denn tun?"

„Komm mit mir. Ich habe zwei schnelle Pferde. Wir reiten in die Wälder des Ostens oder in die Sümpfe im hohen Norden. Dort findet uns kein Feind."

„Wir würden verhungern." Sie schüttelte den Kopf.

„Ich sorge für dich."

„Was sagt dein Vater dazu?"

Haarun lachte rau, aber das Lachen erreichte nicht seine Augen.

„Ich kann mein Volk nicht sterben lassen. Die Fremden aus dem Westen haben versprochen, uns zu helfen."

„Du verkaufst dich! Hast du überhaupt keinen Stolz?" Er trat auf sie zu und griff nach ihren Schultern, so fest, dass es wehtat.

„Meine Aufgabe ist es, für mein Volk zu sorgen. Das kann ich nur noch mit dieser Ehe." Jetzt liefen ihr die Tränen über die Wangen.

„Aber die Sterne …", raunte er.

„Die Sterne haben Lunow als meinen Gatten vorgesehen. Mein Vater hatte die Prophezeiung falsch gedeutet, obwohl die Seherin ihn darauf hinwies. Es tut mir leid, Haarun." Sie schmiegte sich in seine Arme, schloss die Augen und sog seinen Geruch nach Leder und Pferd ein.

„Ich war glücklich, eine so schöne, kluge Frau zu bekommen und in ein so mächtiges Land einzuheiraten", murmelte Haarun. „Ich liebe dich doch."

Ein großer Kloß saß in ihrem Hals. Sie brachte nur ein Krächzen heraus. „Ich wünschte, alles wäre anders. Ich liebe dich auch." Ungehindert liefen die Tränen über ihre Wangen und sie konnte kaum noch sprechen. „Wie froh war ich, als ich dich kennenlernte. Ich hatte solche Angst vor dir, aber du warst so verständnisvoll, fröhlich und liebevoll."

Er drückte sie an sich, sie klammerte sich an ihn. Doch schließlich siegte die Vernunft und sie schob ihn von sich.

„Du musst gehen, bevor es ein Unglück gibt. Dir darf nichts passieren. Schleiche dich davon. Wenn wir uns wiedersehen, dann nur als Vertreter unserer Länder." Noch einmal schluckte sie, dann wischte sie mit dem Ärmel ihres Gewandes über Wangen und Augen und fragte: „Möchtest du eine Sternenfrau heiraten? Möchte dein Vater die Verbindung zu unserem Reich? Dann versuche ich, meine Großcousine mit dir zu verheiraten."

Langsam schüttelte er den Kopf.

„Ich werde es deinem Vater vorschlagen." Traurig lächelte sie ihn an. „Ich liebe dich, aber ich muss an mein Volk denken. Leb Wohl, Haarun. Die Sterne mögen mit dir sein." Mit diesen Worten drängte sie ihn aus der Kammer. Nachdem sie die Tür geschlossen hatte, warf sie sich auf ihr Bett, vergrub ihren Kopf in das Kissen und weinte bitterlich.

21. Kapitel

Am nächsten Tag trafen sich König Malchow, Brandow, Lunow und ihr Medizinmann mit Ryana, Surani, Osun und Sapha, um das Abkommen für alle Ewigkeit zu besiegeln. Die Ältesten des Sternenreichs und die Vertrauten von König Malchow bildeten einen weiten Kreis um Ryana und Lunow. Mit vielen Reden und Schwüren wurde zuerst Frieden geschlossen. Der Medizinmann beschwor die Geister, um die Seuche zu beenden. Außerdem versprach er, dem Sternenvolk einen heilenden Trank zu geben. Dann wurden verschiedene Angelegenheiten beredet. Surani und ein Vertrauter Lunows besprachen die Hochzeitsfeierlichkeiten. Das Fest sollte nicht so groß wie sonst üblich sein, da zu viel Elend herrschte, aber trotzdem beeindruckend, um Lunow gut einzuführen. Die Barbaren besaßen genug Vorräte, die sie mit dem hungernden Volk teilen wollten. Vor dem nächsten Sonnenaufgang sollten sich alle Verantwortlichen am Heiligtum treffen, um von den Sternen eine friedliche und glückliche Zukunft zu erbitten. Danach würde Lunow zum König des Sternenreiches gekrönt werden. Anschließend sollte die Zeremonie der Eheschließung von Königin Ryana und König Lunow stattfinden.

Nach vielen Verhandlungen und Gesprächen ritten Lunow und Ryana an diesem Abend zur Burg. Sie war erschöpft, ihr fielen schon fast die Augen zu.

„Wirst du meinen Anblick ertragen können?", fragte er.

Weil sie spürte, dass sie errötete, senkte sie den Kopf. „Ich werde mich daran gewöhnen. Du bist klug und hast Mitleid.

Auch könnte ich nicht leben, wenn ich mein Volk nicht retten würde."

„Was ist mit Haarun? Ihr wart verlobt. Ich spüre, dass du ihn liebst! Wirst du mir trotzdem treu sein?"

Da schaute sie ihm direkt in seine dunklen Augen. „Ja", flüsterte sie.

„Er hat dich gestern besucht", stellte er fest. Sein Gesicht wirkte wieder wie eine Maske.

„Hast du ihn ziehen lassen?", fragte sie voller Angst.

„Ja." Seine Backenmuskeln traten hervor, so fest biss er die Zähne zusammen.

„Er wollte mit mir fliehen, aber die Sterne haben etwas anderes mit mir vor. Ich habe ihn weggeschickt." Sie stieß einen Seufzer aus. „Das ist Vergangenheit", fügte sie mit einem schwachen Lächeln hinzu. „Uns erwartet eine friedliche Zukunft."

Nachdem sie vor dem Burgtor vom Pferd gestiegen war, berührte sie seine Hand mit dem Königsring.

„Dieser Ring verleiht Macht und beschützt. Die Sterne haben unsere Ehe schon zu meiner Geburt vorhergesagt. Wir erfüllen ihren Willen. Bestimmt werden wir glücklich und gesegnet sein."

Weitere Bücher von Aileen O'Grian

Fantasy
Rowan – Kampf gegen die Drachen
Rowan – Verteidigung der Felsenburg
Rowan – Verrat im Ostreich
Rowan – Flucht ins Sumpfland
Rowan – Bewährung als Magier

Dystopie
Abels Vermächtnis
Reinigungsaufgaben

Mystery
Finstere Visionen